世界微尘里

莫华杰 —— 著

深圳出版社

图书在版编目（CIP）数据

世界微尘里 / 莫华杰著. –– 深圳 : 深圳出版社,
2022.11 (2023.12重印)
　　ISBN 978-7-5507-3601-6

　　Ⅰ. ①世… Ⅱ. ①莫… Ⅲ. ①纪实文学—中国—当代
Ⅳ. ①I25

中国国家版本馆CIP数据核字(2023)第216880号

世界微尘里
SHIJIE WEICHEN LI

出 品 人	聂雄前
策划编辑	韩海彬
责任编辑	徐娅敏　靳红慧
责任技编	郑　欢
责任校对	万妮霞
封面设计	麦克茜

出版发行	深圳出版社
地　　址	深圳市彩田南路海天综合大厦（518033）
网　　址	www.htph.com.cn
服务电话	0755-83460239（邮购、团购）
设计制作	深圳市龙瀚文化传播有限公司（0755-33133493）
印　　刷	深圳市华信图文印务有限公司
开　　本	889mm×1194mm 1/32
印　　张	7.5
字　　数	150千字
版　　次	2022年11月第1版
印　　次	2023年12月第2次
定　　价	48.00元

目 录/CONTENTS

第一章

一

一九九五年的冬天，父亲冒着凛冽的寒风，踩单车送我去县人民医院做检查，看看我到底得的是什么病。那时我走路已经很困难，腰腿疼痛不止，脊椎就像折断一样，感觉随时都有可能瘫痪。

抽血化验，照了 X 光后，我和父亲坐在走廊冰冷的椅子上等结果。窗外的樟树被寒风吹得哗哗作响，窗户的缝隙也发出尖锐的呼啸声，让人感觉心情压抑，给人一种不祥的预感。

检验结果出来，并不是乡村卫生站医生说的类风湿关节炎，而是强直性脊柱炎，病情相当严重，盆骨已经变形，导致双侧骶髂关节骨性融合。

医生说这是一种治不好的病，目前没有什么特效药，只能打针缓解疼痛。我那时才十一岁，脆弱的内心哪里承受得了，涌出无法言喻的绝望，害怕自己活不了多久。

县城的医疗条件并不好，而且不知为何打针吃药总不见效。治疗费用却不便宜，一次要花上百块钱，农村家庭一个月也未必有这样的收入，哪能供得起我进医院。于是我只能待在家里，改用乡下的土药偏方进行治疗。

我的家人和亲戚，以及寨里的族人，都四处打听治疗骨病的土药偏方。许多偏方传得神乎其神，但用在我身上却毫无效果，还让我错过了治疗的最佳时期，病情拖得越来越严重，几乎要拄着拐杖走路了。

小学毕业后，我没办法去读书了，只能窝在家里养病。由于饱受病痛折磨，那时的我一副营养不良的样子，见过我的人，都诧异我的脸如此瘦小。三姑说，你的脸还没有大人的巴掌大哩！我很怕照镜子，像照妖镜，露出一猴来，不做任何表情，已然是鬼脸。尤其是下巴，像削尖的木桩，洗脸都好似能把毛巾戳出洞来。

面相单薄，看上去不像有福气的人，父亲以为我这辈子注定是个瘸子，于是给我的人生做了长远打算——等我成人懂事后，就把衣钵传给我，好让我有一技之长，不至于单身终老或饿死村头。

父亲是位乡村祭师，假如我把他那套手艺学到手，这辈子肯定不用发愁生计。我之所以恐惧，一是怕自己真会成为瘸子；二是因为若继承了父亲祭师的衣钵，就要经常跟死人打交道。人死之后，祭师要去主持丧礼，看山向、量坟地、念地契书、布棺下葬、杀公鸡放血涂棺材祭天等。最令人害怕的是迁坟，要开棺捡骨，将骸骨一块一块地捡放到罐子里，有些老人才过世两三年，因某种原因要迁坟，那时尸体肉身尚未完全腐化……你无法想象把一具干尸拆开放到罐子里的骇人场景。我天生胆小，不是个硬气的人，每当想到这种事情，便整夜整夜地做噩梦，以至少年时光有大半是在恐惧中度过的。

除了恐惧，伴随我成长的还有药，各种各样的药，阴魂不散地缠着我，像刑具一样阉割我的生活。多年后，回忆少年时光，我的舌苔总是泛起一股中药的苦味。那个曾经与我相依为命的药罐子，里面布满了黑霉般的药垢，仿佛隐藏了事情的真相。心怀不甘的母亲，将药垢刮下来，用纱布包裹，放在炭火上烤热，敷在我的腰间。母亲的手紧紧地捂住那个滚烫的药囊，像捂住她颤抖的心脏。我知道，母亲的心痛甚于我体痛的一百倍。我想，她不应该生下我这样一个不争气的儿子。

我落下一身病痛成为瘸子，不能怪别人，那是我年少无知"练武功"留下来的后遗症。

我小时候特别迷恋功夫电影，没事就瞎折腾拳脚，最厉害的时候可以一口气翻七八个后空翻，颇有些气势。然而，毕竟是盲目操练，动作不规范，不小心将腰骨扭伤了，时间一久就埋下了病根。

发病之初，我知道是自己造的孽，不敢告诉家人，一直努力隐藏，装作若无其事的样子。但这种事情如同狐狸的尾巴，哪里能藏得住，见我走路越来越奇怪，像被人打断了腿，父母才引起重视，送我去医院。在县人民医院徘徊了几次，无法治愈，只能回家养病。

母亲四处给我找偏方，一来偏方物美价廉，二来只有偏方才声称能发生奇迹。每次去县城赶集，母亲就在老街古巷摆药的摊子边来回打转，挨个询问，她在寻找一位隐世高人，寻找一味灵丹妙药，仿佛我的命中就差那一剂药。但那药藏在哪里，谁也不知道，像命运一样无法预知。

父亲并不相信好端端的我会突然变成瘫子，他认定是太爷坟前的一块礁石坏了我的命运。太爷葬在富江边，自从寨子的北面建了水电站，将上游的水拦截，江水瘦了下去，对岸露出一块有两张圆桌大的礁石。礁石的背部长有石尖，像一把匕首，正对着太爷的墓碑。父亲和五叔商量，要把礁石弄掉。

一个深秋的傍晚，父亲带着我，和背着炸药的五叔一起撑竹排到江的对岸。我至今记得那块耸起的连体礁石，就像一对驼峰，被激流冲打，溅起一串串水花，仿佛一峰骆驼在水中游泳。我不相信这块与我素不相识的礁石能决定我的命运，它千年之前就已经在水中游弋，只是因为水浅露出了面目，竟然被父亲视为左右我命运的障碍物，要毁掉它与生俱来的模样。

五叔拿着炸药，缠在礁石尖上，又搬来一些石头将炸药压住。导火线有半米长，足够我们跑出很远。在几百米外的沙洲草丛，我们像做了亏心事，匍匐在地上，不敢把头抬起来。

过了几分钟，一记轰响，像巨雷碾过天际，大地晃动，清凉的秋暮被震得瑟瑟发抖，沙洲竹丛里的鸟儿惊啼飞起。夜幕被提前震落下来，江风吹得竹林和草丛发出哗哗响声，仿佛有无形的东西穿行而过，天地间变得影影绰绰起来。

我以为，威力巨大的炸药能把这座驼峰夷为平地，甚至连根拔起，让它永远消失。没想到，炸药虽然威力无比，却不能撼动这块千年礁石，只是将它顶部的石尖炸裂。父亲和五叔拿着锤子，将石尖锤平，虽然做得不是很完美，但也算修了门道。

当然，我的病不可能因此而好转。

父亲的乾坤之术不能扭转我颓废的人生，母亲便更心切于找到古老的偏方，重塑我的命运。母亲找的偏方都是古怪的，神秘的。那些土郎中上山挖的中草药我至今都叫不出名来，是不是药也无从知晓。我只记得它们的味道极其古怪，有时熬中药，厨房的苍蝇闻到药味，都纷纷飞走。我疑心是驱虫用的。后来有一次，不经意间看到母亲在院子里挖了半碗蚯蚓，倒入药罐中。看见我吃惊的表情，母亲讪讪解释，郎中说蚯蚓是地龙，可以疏通血脉瘀阻。我突然明白，为何药里总是有一股呛人的土腥味。

比起古怪的中药，那些莫名的药酒更令人难受。按照农村人的观念，伤筋动骨最好的办法就是擦药酒。药酒也是地方郎中炮制的，除了树根藤条，不乏蛇虫虎骨和穿山甲之类的。有一次母亲提了一款药酒回来，说里面放了盐，像腌腊肉一样，能彻底渗透到骨头里面，把病痛赶走。我尝试之后，发现加盐的药酒确实比不加盐的效果好。但是，盐药酒擦多之后，患处的皮肉被搓伤，咸味渗到肉里去，仿佛骨头里的痛楚全部往外溢，皮肤的刺痛比骨头的酸痛更令人难受，疼得我面目扭曲，嘴里不停地吸气，还真像母亲说的"像腌腊肉一样"，那可是用活人当腊肉呢！

最痛苦的还是一种叫活络酒的玩意，味道极大，能把人熏得睁不开眼。我断定它放了辣椒油和薄荷脑，这辈子都不想再闻到那股气味。活络酒擦多了，皮肤就会溃烂，但那溃烂是看不出来的，只能感觉患处的皮肤很干燥，很粗糙，摸上去像一片砂纸。然而，将活络酒往上面一抹，我的天哪，比往血淋淋的伤口上撒盐还疼，简直是逼供的酷刑。我咬着嘴唇不敢哭出声音，但眼泪还是忍不住簌簌而落——不能擦眼泪，因为手上沾了活络酒，一抹眼睛，神仙下凡都救不了。我就有过一次悲惨的经历，眼珠子像被活生生挖掉了，半天都睁不开。还有更难以言喻的，大腿内侧的经络又胀又痛，也要涂活络酒。要知道，男孩的命根子就吊在那里，一不小心将活络酒弄到上面，那种痛苦真是无法言述。后来，读到二月河先生的《康熙大帝》，看到鳌拜逼供男人，弄了一招"用猪鬃猛扎下身尿道"的酷刑，我心里顿时有一种莫名的感应，觉得应该就是这种痛苦。不久之后，我便得了一种怪病，撒尿撒不出来，像火烧了一样，我疑心是活络酒留下来的后遗症——这是后话。

我的病痛是练习翻跟斗，把腰骨扭伤引起的，药酒有活血化瘀的功效，可以止痛，虽然走路仍是一瘸一拐，但生活完全可以自理，并没有瘫痪在床。因此，母亲更加坚信，只要有一款好的药酒，便能彻底治愈我的病痛。顽固的病情和母亲锲而不舍地追求偏方的精神，给我的少年时光染上了神秘的色彩。

有一天，不知道母亲又从哪里听来偏方，往我的患处涂上药酒，点一把拜神用的香火，像蜻蜓点水一样，在患处轻轻地点烫起来。药酒在香火的点烫下发出香熏味，随着热气进入体内，渗到骨头里。一把香烧下来要半小时，患处被烫红了，再涂上药酒，我能听到毛孔发出嗞嗞的声音，像干渴的大地被雨水浇灌。然而，母亲烧香点烫，看起来不像治病，更像是举行某种神秘仪式。每次香熏，窗户边便挤满了偷窥的小伙伴——包括我那个不懂事的弟弟，我听到他们小声地议论，看，又有鬼跑到他身体里去了！

点烫不起效果，母亲又总结一番，觉得药酒由外往里渗透，效果不好，应该由内往外推，才能把病痛逼出来。但是我太小了，不能喝酒，母亲就用药酒泡米，做成糍粑。糍粑呢，那可是过年才有得吃的，可是酒味极大，难以下咽。见我吃不下，母亲又用药酒煎鸡蛋给我吃，用猪尾巴、猪腰子等东西泡药酒炖给我吃。总之，在吃上面，我有口福也有折磨。长大后，我极少挑食，多亏了母亲的"调教"。

无论母亲的偏方如何神秘，手法如何诡异，并没有产生神奇疗效，只能起到暂时止痛的作用。父亲觉得我的病不一定是病，而是冲了煞，入了邪。父亲想起来，我小时候没有"修花"，莫不是观音娘娘来索债了？

老家有一种叫"修花接福"的风俗，也叫"挂灯"，谁家生了儿子都要搞这一套。这是一项既"迷信"又有点"重男轻女"的法事，迄今仍在流传。简单来说，儿子是观音娘娘送过来的，不是有"观音送子"的说法嘛，也称"莲花送子"，就是观音娘娘摘了一朵莲花，把儿子放到莲花上给你送来了，你必须要感恩还愿，请赊佛佬（道士）念一夜经，把观音的莲花修好送回去，观音娘娘才会保佑你的儿子健康成长。

父亲请来一班赊佛佬做法事。这种法事跟唱戏差不多，赊佛佬敲敲打打地念经，从晚上六点一直搞到凌晨两三点才完成。作为主角，我必须要全程参与，在神坛前作揖拜神。好在中间有不少好玩的环节，并不觉得乏闷，例如赊佛佬穿着道士袍摆仙阵，吹牛角召唤神仙下凡，还有挂七仙灯还愿。最好玩的是赊佛佬要装扮成一个新娘子，穿上花衣裳，戴上假发和面具，手持扇子，在念经声乐中翩翩起舞。这个环节的寓意是：祈求诸神保佑，让我以后能讨上老婆，不会打光棍。

自然，我的病痛不会因此减轻，它既明目张胆，又嚣张顽固，赊佛佬的牛角号吹得再响亮，能把夜空穿透，也震慑不了病魔给我带来的刺痛。后来，奶奶又请仙婆来问神鬼，找算命先生来看相，看看是哪路神鬼扯了我的后腿。这些大神一个个说得有板有眼，有的说我犯了天神，有的说我惹了鬼怪，都是些不好的兆头。不过有位算命先生倒是说了些好话，说我面相清秀，鼻梁高耸，是个有野心的人，长大后会赚钱。这种说法并不能给我带来安慰，对一个病中少年而言，最大的愿望无非是做一个正常人。我最关心的是病痛什么时候能治好，万一真的成了瘸子，下地种田都难，哪里还能赚钱。

病情在这些大神的困扰下，越拖越严重。我心里太清楚了，我是翻跟斗把腰骨扭伤了，和那些八竿子打不着的神仙恶鬼们根本扯不上关系。在我的强烈要求下，秋收之后，母亲拿着几百块卖玉米的钱，带我去医院做检查。

我第一次去人民医院治疗，虽然查出盆骨变形，却没有治好。好马不吃回头草，母亲转道带我去中医院。母亲说，中医院有一些老医生，比神仙还灵，能妙手回春。到了医院，母亲挨个查看坐诊医生的信息，哪个医生最老就挂哪个的号。是一位白发苍苍的老中医给我看的病，听说我腰腿疼痛，老中医把了一下脉，开单子让我去做 B 超。我不知道 B 超是什么，进了房间，趴在床上，医生掀起我的衣服，在腰间涂了滑溜溜的东西，拿着仪器推来推去。我以为是照腰骨，心想这样照下去，肯定知道我的腰为什么痛。哇，不照不知道，一照吓一跳，我双肾上都长了好些结石呢!

母亲也吓了一大跳，同时也高兴起来，说不定是结石引起的腰腿疼痛。老中医开了半个月的中草药，叮嘱我多喝水多跳动。

吃了一段时间的中药，我撒尿时排出了不少结石。排结石是很痛的，那种感觉生不如死。我才明白，那一段时间我撒尿撒不出来，像有火柴烧着出尿口，极其痛苦，大约是结石病作祟，并不是擦活络酒的原因。

结石病治好了，我的腰腿疼痛却并没有因此减轻，反而越来越严重，可能是排结石那段时间，我整天瘸着腿又蹦又跳又跑，把筋骨拉伤了。

二

因为生病，我读书成绩一落千丈，小学毕业的时候，没考上重点中学，只能去读镇上的中学。这个学校很乱，经常有很多本地烂仔打架，像我这样被人叫"瘸子"的肯定挨欺负。因为害怕，我复读了小学六年级，看能不能考到一中或师范附中。

然而，只复读了半年，我便辍学回家了。那时我已经满十五岁，进入了叛逆期，觉得读书没意思，既要写作业又要考试，还要挨老师批评；又因瘸腿，内心自卑，不想去学校出丑；何况家里经济条件紧张，当时姐姐在读师范，哥哥读高中，弟弟读小学，我生病又花钱，一个农村家庭，就靠着几亩田地和养些猪过日子，父母早就被学费压得不堪重负。我不读书，可以减轻家庭负担，父母也不勉强我。

辍学之后，除了帮家里做一些力所能及的农活，大部分时间我都是在放牛。过了一年多，我渐渐懂事了，开始思考自己的人生——像我这样腿有毛病的，到底要怎么个活法，总不能像六叔那样打一辈子光棍吧！

我们寨里有两个"瘸子"，一个是六叔，一个是我。六叔年轻时长得人高马大，相貌堂堂，有女人跑上门来给他做老婆，他竟然嫌人家长得不够漂亮，给赶跑了。寨里人都说他是个作孽的人。后来六叔进山砍柴，遇上了一场大雨。那场大雨直接改变了他的命运，他淋雨回来之后，突然腿脚抽筋，怎么也治不好，成为乡邻四寨有名的瘸子，绰号"阿歪"。

一个瘸子半个废人，扛不了犁耙，挑不了泥沙，只能做些轻松的活儿。为了寻找人生出路，六叔决定养鸭致富。六叔养鸭还算勤劳，几百只鸭，每天赶到江里放养，风吹日晒了几年，攒了些小钱，幻想着拿这些钱去讨个媳妇。隔壁寨有个无赖欺负他是瘸子，假装到江里游泳，三番两次偷他的鸭。六叔去找那人算账，反倒被他欺负。六叔一怒之下掏出随身携带的小刀，捅了无赖两刀，结果把多年养鸭攒下来的钱都捅掉了。从此之后，六叔心灰意懒，不再养鸭，帮家里干一些力所能及的农活，闲时就四处晃荡，到寨口跟人下象棋，嘴皮子练得喷出油来，连老妇女都害怕。但有什么用，到头来还是打光棍。

六叔走过的路成了我的前车之鉴，养鸡养鸭致富是行不通的，耕田种地也不行，一般的庄稼汉都难娶老婆，何况是个瘸子——我可不想打一辈子的光棍；做生意呢，又没本钱，而且也不会算计；学手艺吧，学什么好呢，谁会收我为徒？当然，我也想过外出打工，那时打工已经逐渐成为时代的潮流，但打工对我而言就像读大学一样遥不可及。为啥，那时外出打工需要许多证件，除了身份证，还要毕业证（至少是初中的）、未婚证、健康证、务工证、边防证、暂住证等。像我这样只有小学文化的瘸子，好多证件是搞不到的，外出打工简直是自寻死路。当然，实在没办法，我可能会继承父亲的衣钵，但一想到终生要跟死人打交道，心里不免戚戚然。

后来，我决定当作家。当作家绝不是受了什么事情启发，也不是受了什么名人影响（当时我并不知道有史铁生这样的作家），只不过是小时候的一个梦想，就像有人想当医生，有人想当警察一样。读小学时，我的作文写得还算好，经常被老师拿来当范文，也曾在学校的作文比赛中获过甲等奖，便萌生了当作家的念头。没想到神使鬼差的，竟成了一生的梦想。

说起来，那时的我是不知天高地厚的，一个小学生，在信息封闭的山野乡村，见闻和学识都极其有限，根本不知道作家是干什么的，以为写几篇小文章就可以被称为作家。那时我连课外书都没有读过几本，对当代作家一无所知，甚至连四大名著是谁写的都说不全，更不要说什么外国文学了，那是闻所未闻。当时我有这样的想法，只能用天真无知来形容。

不知者无畏，既然立志要当作家，那就要多读书，才知道要写什么。然而我遇到了难题，没有零花钱。且不说买书要钱，就是想买一本作业簿或一瓶墨水，都得到处翻找，搜一些废铜烂铁卖掉。我不可能找家里人要钱买书，几姐弟的学费已经逼得家里借钱过日子了，还得养着我这个瘸子，怎么可能有闲钱给我买书。为了满足写作欲望，我把目光放到了江里。

我家临水而居，住在富江边上。江是从隔壁富川县流下来的，只有六十多米宽，冬天瘦水时更像一条河。江里鱼虾丰富，每天早上都有鱼贩到埠头收鱼。靠山吃山，靠水吃水，农家子弟想搞钱，只能来这套野路子。

听说我要到江里打鱼赚钱，父亲倒是很支持，给我买了几张渔网。那是很常见的胶丝网，下面有锡脚，上面有浮头，放在江里拦截，像蜘蛛网一样，鱼穿过去就卡住了。买了渔网，还要扎竹排。竹排好弄，自家种了很多腊竹，砍六根回来，刨皮晒干，用铁丝扎好就成。

爷爷是个老渔民，在他的指引下，我很快就在江里翻起了浪花。我们主要捕黄骨鱼和桂花鱼，这两种鱼很狡猾，白天躲在岩洞里休息，到了夜里才出来活动，所以渔民也要跟着昼伏夜出。

当渔民虽然不用像耕田种地那样下苦力，但也是个熬神的活儿，把网放下去，要在江边守夜。那时农村的风气很不好，有专门偷渔网的人；又怕夜里涨大水，把渔网冲跑了，所以守夜是渔民最要紧的工作。江边夜里蚊虫特别多，天大地大，点蚊香是没有用的，一个晚上下来，胳膊和脖子上都是疙瘩。最痛苦的是不能放隔夜网，江里有青苔和水藻，容易把渔网弄脏，渔网脏了就捕不了鱼。半夜时分，要起一次网，把鱼摘下来养到笼子里，弄干净挂在渔网上的水藻和青苔，再重新投放到江里。

夜里工作时要戴头灯，夏天极其痛苦，明晃晃的灯光在黑夜里格外刺眼，无数的飞蛾蚊虫扑过来，在四周萦绕。整个人被一股黑压压的蚊虫包围着，灯罩的玻璃被飞虫撞得叮当作响，眼睛鼻子嘴巴不时有蚊虫钻进去，甚至连耳朵都不能幸免，那种痛苦不可言喻。如果人类像蝙蝠一样吃虫子就好了，只需戴一盏头灯，张开嘴巴就有大把的虫子飞进来，从此过上无忧无虑的生活。

当渔民的收入并不高，平均下来也就一天十几块钱。但在二十一世纪初，对农村小青年而言，也是一笔不错的收入。

我当了两年的渔民，因病情恶化而结束了打鱼生涯。当渔民整天和江水打交道，湿气很重，收网摘鱼时要一直弯着腰，下半身几乎是湿的，从没有干过。夏天还好，我有时冬天也要出去放网，水汽寒冷，冻彻骨头，久而久之引发了关节炎。但是通过打鱼有了钱，自己可以买药控制病情，不用再找家里要钱。

我不敢去医院拿药，因为医院是花大钱的地方。我只能去县城的药店，跟售药员说自己的症状。售药员不是医生，在他们的推荐下，我吃了各种各样的药，那种强身健体的补肾药没少吃，吃得浑身冒火流鼻血；还有什么治心悸的药，我也不知道跟腰腿疼痛扯上什么关系；又有说我是血脉瘀阻的，让我吃"步长脑心通"，配什么"血蝎胶囊"；更搞笑的是吃"排毒养颜胶囊"，说我体内毒太多了，结果那段时间害我不停地拉肚子；也有让我吃补血药品，说我血气不足，经络不通的；最离谱的是有个售药员向我推荐脑白金……天啊，我成了药罐子。

除了买药，我也去找偏方。县城路边常有卖假药的摊子，吹得神乎其神，我很容易上当。有一次听说吃蛇可以治骨痛病，我便让寨里一位专门捕蛇的兄弟帮我捉一条蛇。我属鼠，天生怕蛇，不过我们当地有一种红肚蛇，是没有毒的。那位兄弟帮我抓了条一米多长的红肚蛇，我用松紧带勒住它的脖子，挂到墙上，拿刀子割断它的尾巴。我咬住蛇尾，用力地吸，只有一股腥味，却吸不出一滴血来。

但我不死心，又用刀片将蛇尾伤口切大，接着使劲吸。蛇拼命地扭动着身子，垂死挣扎，两只眼睛突出来，死死地盯着我。这么多年来，我一直不能忘掉它的眼睛，真的，那是一种可怜兮兮的、绝望的眼神，一眨也不眨地盯着我，和我绝望时的眼神一模一样。当然，那条蛇并没有被我放生，后来我残忍地剖开它，取出蛇胆咽下去，再剁成小段，放到煲药的瓦罐里熬汤，吃到了肚子里。

天天吃药，对身体肯定是有摧残的。我的体质越来越虚，抵抗力也越来越差，最后吃什么药都没效果，腰腿疼痛令我走不得路，终于瘫痪在家里。

看到我那可怜巴巴的样子，家人还能说什么，只能唉声叹气。那是二〇〇二年的清明节前，还没进入春耕，母亲让父亲带我到医院再做检查，看到底是什么病。第一次在人民医院检查，说是骨头变形，并没有治好；第二次是在中医院检查，说是结石，也没有治好。母亲说，去医院验血看看，病了这么久，连血都没有验过，都不知道是哪里出问题。

父亲踩自行车载我去县城。这次去的是镇上的城厢医院，在县城的东北边。医院的院长姓黄，是隔壁寨的，与父亲相熟。

父亲带我去找黄院长。黄院长了解了一下情况，安排一位医生给我坐诊。医生带我去抽血化验，结果显示是风湿和类风湿关节炎。我看不懂，医生说指数很高，相当严重了。当然，一个少年患上这么严重的类风湿关节炎，是很可疑的。医生问我情况，我如实说了，先说是怎么腿痛，又说打鱼的事情。医生以此推断，应该是在打鱼时没保养好，湿气进入体内，引起了炎症。

接下来，又是一系列的打针吃药。打的是吊针，每天两瓶，要打一个星期。医院费用高，一次要花上百元，父亲很心疼，说给我治病的钱足够我读完高中了。

打了一周的针，重新验血，医生说差不多了，只需再打最后一针就行。最后那一针是非常痛苦的，药液从冰箱拿出来，还是冷的，抽到注射器里立马扎到屁股上，不能透气，一透气药效就没有那么好了。我记得当时的情景，女护士拿着针筒吸完瓶里的液体，叫我咬紧牙关，像放飞镖一样扎到我的屁股上，一股冰冷的液体在屁股里瞬间炸开，仿佛血管爆炸，痛得我全身发抖，坐了几分钟才能站起来。

打针吃药那段时间，效果非常显著。我不仅腰腿不痛，就连走路也不瘸了，虽然样子很难看，有点摆晃，像刚学走路的小孩，但毕竟是正常步伐啊！我高兴得跳起来，恨不得让全世界的人都知道我的病治好了。家人也倍感欣慰，没想到只是风湿病而已，还以为我得的是疑难杂症，会当一辈子瘸子。

我们都高兴得太早了。断药之后，没到一个星期，我的病痛又复发了，虽然不是特别严重，但走路又一瘸一拐的。父亲又急又气，既怪我不争气，也怪医生不高明，花了这么多钱，竟然没有根治。父亲带我去找黄院长。黄院长叫给我治病的医生来。医生拿着血液化验单，语气有点急，像被冤枉一样。他不知道我的病情复发了；我们跳过他直接去找黄院长，有点告状的意思。医生把化验单递给黄院长，语气坚定地说，确诊是风湿和类风湿关节炎，百分百没错！黄院长看了一眼化验单，没说什么，让医生出去了。后来，黄院长半仰着头，靠在椅子上，抽着父亲递给他的烟，一副发呆的样子，不知道在想什么。我的心揪得紧紧的，担心他会说出不乐观的话来。

沉默了半根烟的时间，黄院长突然拿起笔来，在诊单上随便一写，撕下来递给父亲，说吃一下这个药试试吧。

我有一种强烈的感觉，黄院长只是想打发走我和父亲，并不是真心想给我治病。他说话的语气和脸上的神情，怎么看都像是敷衍了事。何况，他从头到尾没有诊断过我的病情，只是询问了一下医生而已。父亲对黄院长开出的药方也没有太大信心，走的时候，没有再给黄院长递一根烟。

拿药单去交费，我至今记得收费员，那是一个中年男人，左手有残疾，老是缩到衣袖里面去。父亲说，收费员打过越战，左手被打残了，回来后分配在医院收费。医院的生意并不好，一天也没几个病人。农村人都犟，生病一般都是靠熬，熬不住才去村卫生站，不到万不得已是不会进医院的。我病了这么多年，父母也才带我进过三所医院，可见农村人对医院有多"敬畏"。收费员闲得慌，用一只手对付工作就绰绰有余了，大部分时间都是无聊地抽烟。我当时羡慕极了，心想假如我成了残疾人，也有这样一份体面工作，那该多好，这辈子定然不会打光棍的。

父亲把诊单递进去，收费员看了一眼，连计算器都没用，说药费二十五元，开单诊费一块五，一共二十六块五。交了费，去药房拿药。一个光溜溜的药瓶子，连盒子都没有，上面印着古怪的文字。我只看懂了几个字，瓶盖上印着"塔牌"，瓶身印着"风湿骨刺丹"，都是繁体字。一瓶药三十粒，每次吃两粒，每天三次，刚好吃五天。

我抱着试药的心态，将就着吃，反正常年吃药，破罐子破摔，只要吃不死人就行。没想到这款药竟然有意想不到的神奇效果，我只吃了两天，腰腿一点都不痛了，走路也正常了，比打针效果还好。吃完一瓶，父亲又带我去找黄院长开药。黄院长开了两瓶，说吃完了停一段时间看看，如果没事就不用再吃了。

就这样，我回到了正常人的生活，简直神奇到不可思议。至今，我仍把这款药看成是一剂神仙药，它在我心中已然超出了一款药品的范畴，仿佛它是命中的一个定数。

后来，我去广东打工，旧疾复发，四处寻找这个药，才知道这款药是从日本进口的，那些我看不懂的古怪文字，并不是什么医学文字，而是日文。这款药在市面上卖的基本是假货，包括很多正规药店，都是藏着卖，不敢摆出柜台，当你去询问时，他们才会从暗箱里拿出来。有些药店没有"塔牌风湿骨刺丹"，就会推荐美国"旗牌风湿骨刺丹"，说比"塔牌"的效果还好。我吃过不少类似的假药，毫无效果，也专门托人去香港买回来，但吃了也没有一点用处。

有一年回老家，我专程去城厢医院购买这款药。医生告诉我，这款药早就停售了。这样一来，我愈加怀疑，这款药仿佛只为我存在，完成使命后，它便遁入时空深处，消失不见了。

三

从十一岁到十八岁，整整七年的瘸腿生涯，放在任何人身上，都是沉重的生命负担。一个人最重要的成长阶段是在少年时期，他对外部世界的认知越多，内心世界就越敏感，心理变化和性格发展，将会影响他的一生。在性格成型时，我饱受病痛折磨，虽然病痛能带给我意志上的磨练，但更多的是心理上的阴影。一个少年是倔强的，是无知的，也是脆弱的。因为无知，很多事情都想不通，思想和观念十分狭隘，很容易受到伤害，就会形成一种偏执。

我的内心总是充满了自卑。许多朋友说，我自卑得有些过分了，和别人说话时总是低声下气，看着就像拍马屁，没有一点人生底气和自我性格修养。我也不想这样，但没办法，这是少年病痛留下来的后遗症。在我眼中，任何一个走路正常的人都活得比我有尊严，活得比我高出一个层次。

病痛治好之后，我才有了生活的底气，整个人生机勃发，仿佛生命才刚刚开始。以前的生活，就像关在阴暗潮湿的地牢里，现在终于被放出来了，见到了生命的阳光，那种感觉真是妙不可言。有时走在路上，走着走着，突然想起自己不再是个瘸子，那种突如其来的幸福感，叫人直想流泪，想放声大吼。没有经历久病初愈的人，大概是很难理解这种心情的。

人一旦有了精神，做什么事都来劲，我的写作也焕发出某种魔性的力量，涌出前所未有的灵感。这年的春耕忙完，农民们进入了小闲季节，只有一些拔草施肥看水的活儿，我于是自告奋勇要去放牛。

当作家的梦想，我一直羞于向人说起，仿佛见不得人的秘密，连父母都不让知道，怕他们骂我是"癫皮狗，不知丑"；有时也会天真地想，等自己写出来了，突然出书，让父母大吃一惊，那才叫好玩。所以，我平时写作就像做贼，偷偷摸摸地进行。在这样一种状态下，借着放牛的幌子去野外创作，成为那时最大的人生乐趣。

当渔民那两年，我买了许多书，一套"金庸集"，一套"古龙集"，还有一套"李凉集"，除此之外，梁羽生、柳残阳、卧龙生、步青云、剑宗、戊戟等作家的武侠作品，也零零散散地堆在房间里。也有四大名著和《聊斋志异》。但以我的文化程度，看四大名著相当吃力，《红楼梦》极难读进去，《三国演义》也招架不住，只能看懂《水浒传》和《西游记》。最难读的还是《聊斋志异》，那完全是深奥的古文了，没一篇能看懂的。

我怎么会突然有这么一堆书呢？得感谢和我一起打鱼的华章大哥，他是一位金庸迷，我从他口中得知电视剧《神雕侠侣》和《笑傲江湖》是据金庸写的同名小说改编的，于是激动地跑去县城找金庸的书。但是新华书店并没有其作品卖，真是奇怪，难道金庸的书好卖，都卖断了？后来才知道，县城一条老巷子里有专门卖武侠盗版书的，便宜得很，因此书店不进武侠书，怕卖不出去。

好事多磨，我无意间闯入了老巷子，买到了盗版的金庸全集。老板向我推荐古龙的作品。我不识古龙，老板列举了几部古龙的代表作。那时正是电视剧《绝代双骄》和《小李飞刀》的流行期，就凭这两部电视剧，我二话不说便买了一套"古龙集"。盗版书十块钱一本，有很大缺陷，尤其是金庸的大长篇，正版书分为四到五册，但是盗版书压缩在一本里面，丢失了很大部分内容。古龙的作品除了《小李飞刀》和《绝代双骄》长一点，《白玉老虎》《萧十一郎》《情人箭》等都是一本齐的。哪怕系列作品《楚留香传奇》和《陆小凤传奇》，也都是一本一个故事，所以古龙的书更适合盗版。

即使买了有严重缺陷的盗版书，我也陷入如饥似渴的阅读状态。读这些书时，身上的病痛仍伴随着我成长，也正是病痛的存在，无时无刻不在提醒我，教我不要忘记当作家的梦想，一定要努力才能改变命运。

病痛治好之后，我的写作陷入了疯狂状态。每天提着袋子，赶着水牛往野外走。袋子里装着金庸或古龙的书，还有作业簿和钢笔墨水。我把牛赶到荒芜之地，越荒越好，甚至乱坟堆处，就怕有人打扰我的创作。牛安静地吃草，我坐在树荫底下，先看一会儿书，润一润精神才开始写作。这种写作效率并不高，因为牛会跑，得随时跟着。

我有过几次惊险经历。在树林里，牛自顾吃草，我摊开油布坐下来，把斗笠放到一边，背靠大树，双腿屈起来，往膝盖上垫一本书就可以写作了。因为投入，有一次一条蛇钻到了油布底下我都浑然不觉。最恐怖的一次是我拿起斗笠，里面不知何时盘了一条眼镜蛇，正扁着蛇头，吐着芯子看着我，吓得我魂飞魄散。蛇是有灵性的，我一直疑心是因为吃了它们的同类，所以引来了蛇的报复。

天天这样瞎写乱编，也能磨出一些经验来。到了秋天，小学生用的作业簿写了三十多本。我写的这本书叫《宫报私仇》，内容是一位江湖剑客被贪官杀死，为报父仇，剑客的后人从小读书习武，混到皇宫当差，与贪官斗智斗勇。这个故事一看就是极其俗套的武侠小说思路，并不成熟。

家里没有书柜，又闹老鼠，我将写好的书稿编上序号，放到厢房衣柜的顶部。那是一般人拿不到的地方，需要架板凳才行。我想，这里绝对安全。

有一天外公过生日，母亲去祝寿，要带一些鸡蛋。那时走亲戚都是踩自行车去的，一路颠簸，为避免碰碎鸡蛋必须做好保护措施。农村人常用的办法就是给鸡蛋"穿上外套"，叠装到篮子里，防止鸡蛋互相磕碰。母亲四处寻找包鸡蛋的纸，她眼睛好尖，一眼就看到衣柜上的作业簿，于是踩着凳子拿了几本下来，问父亲这些作业簿有没有用。父亲看出是我的字迹，心想这小子都不读书了，那还有什么鬼用。当然，也因为我的字不好看，大多是在野外垫膝而作，潦草得要命，用父亲的话来说，比他的鬼画符还要难看，基本看不懂。父亲只瞄了一眼，就将它们判了死刑。母亲把作业簿一张一张地撕下来，拿去包鸡蛋，一共撕掉了三本多。

当时我躲到外面的小屋子看书，中午回来吃饭，忽地看到沙发上有一本撕过的作业簿，字迹格外眼熟。拿起来一看，顿时五雷轰顶，眼前一片空白。我忙跑去厢房，把衣柜上那一摞作业簿拿下来，按照编号一看，少了最上面的四本。少掉的四本是最新创作的，越写到后面越入味，那是近来的"得意"之作呢！

我火冒三丈，恨不得掀桌子砸东西。父亲见我像被疯狗咬了的样子，就问那些本子上写了什么。我又不能说出心事，只是质问谁撕了我的作业簿。父亲说出了真相，我立马找出舅舅家的电话号码，跑去寨口的小卖部打电话。接电话的人是表哥，他说我母亲已经外出串门，没见到人。我千叮咛万嘱咐，叫表哥务必帮忙转达，让母亲把包鸡蛋的纸全部拿回来。

那天下午，我像丢了魂一样，没心思看书，也没心情写作。我怪外公过生日害我作品受损，又怪母亲是个文盲，也怪父亲没有认真读我的作品。一时间怨天怨地，时间却过得极慢，太阳跟我有仇似的，故意晃晃悠悠，半天没下去。放牛是要太阳落山才能回家的，我憋不住气，太阳才偏西就跑回去了。爷爷一看，牛肚子才半饱，气得夺过牛绳，又牵出去放养，还说要取消我的放牛资格。我无心理会，坐在门口等母亲回来，等待着奇迹发生。那种感觉就像当初母亲去县城给我找药，我瘸着腿坐在门口等她回来一样。

太阳落山了，才看到母亲踩自行车，拖着一条长长的尾巴回来。见到我，母亲竟然比我还火大，把塑料篮子往我面前一倒，像变魔术般，一群"鸽子"飞落下来，掉在我的面前。那些纸都是一团一团的，还保持着包鸡蛋的轮廓。母亲生气是有原因的，客人送去祝寿的鸡蛋都要放到箩筐里，鸡蛋越多表示寿星越受人尊敬，放了满满两箩筐呢！母亲去得早，鸡蛋放在箩筐底部，为了找这些纸，她要把鸡蛋全都拿出来。母亲没读过书，不识字，她怎会知道那些是我写的作品。母亲整理鸡蛋时打烂了几个，因此憋了一肚子气，对她而言，这是一种羞辱。

母亲并没有把撕掉的作业簿全找回来，我不得不重写。这是我写作生涯中作品第一次遭到破坏，难过得就像被人打了一顿，一连几天都茶饭不香。

这部《宫报私仇》只写了一半，我就外出打工了。这年的初冬，我跟着寨里的兄弟南下广东，踏上了梦寐以求的打工之旅。出门前，我把写好的五十多本作业簿放到了一个木箱里面，心想等以后打工生活稳定了，再拿出来续写。后来家里建房子，从瓦房搬出去，住进了水泥楼。那几年我混得极差，落魄得无地自容，连续两年都没有回家，哪里还有心情关心作业簿的事情。最终，这部作品就像我的少年时光一样，下落不明，只留下了无限怀念。

第二章

一

　　我到普惠打火机厂上班，纯属意外。我原计划是要去温州的，有位堂叔在温州一家五金厂工作，每年过年都会回来，他曾说过等我的腿病治好了，就带我外出打工。我盼望着过年，过年堂叔回来，我便可以摆脱当农民的命；我向往温州，因为金庸先生是浙江人，读他的作品多了，我对"上有天堂，下有苏杭"是极其向往的。

　　然而二〇〇二年的初冬，我听到风声，寨里有几位兄弟要去肇庆打火机厂打工，我便沉不住气，死缠烂打要跟他们去。那时的我年少轻狂，心怀江湖梦，总是想去外面闯荡，一刻也不想待在家里，觉得在外面流浪也比待在家里好。这些兄弟告诉我，打火机厂包吃包住，不用交押金，也不需要什么毕业证、健康证之类的东西，只需押身份证就行。在我听来，这简直就是天上掉馅饼了——外出打工需要准备很多证件，任何一张证件都可能令人望而却步。打火机厂只需要一张身份证就能进，对我们这些小学毕业的农村娃子而言，无疑是巨大的福音。

在我的苦苦央求下，寨里的兄弟最终把我捎上，一起坐上了南下的班车。看着车窗外的景色一掠而过，如同坐上时光列车，我的心情格外激动，也满怀憧憬，仿佛这辆车能带我通向美好的未来。

在我的设想中，打火机厂位于肇庆市中心区，那是繁华热闹之都，到处都有改变命运的机会，可以放开手脚大干一场，实现自己的人生梦想。然而，现实的残酷总是让人猝不及防，当我们抵达工厂时，幻想就像泡沫般瞬间破灭。

普惠打火机厂坐落在肇庆市封开县江口镇郊区的一个山坳里，如果不是当地的摩托车司机带我们，谁也想不到这个山坳里面竟然会藏着工厂。

山坳在 321 国道边上。国道沿着西江铺开，往西走是梧州，往东走是肇庆，往南走则是小镇的中心区。站在厂门口，放眼就能见到飞驰的汽车和蠕行的货轮，倒是一幅车水马龙的景象。往西边走两三里地，路边竖有一块牌坊，上面写着"封开县殡仪馆"，与打火机厂只隔了一座山头，我时常听到鞭炮声在山坳里回响，十分阴森。

后来我才知道，打火机厂属于危险企业，因此远离居民区。工厂离镇中心有十几里地，虽说依着国道，但晚上六七点钟之后便没有从镇上来往的班车，出行很不方便。在这种偏僻的工厂上班，就跟待在山里差不多，与我憧憬的那种熙熙攘攘的大城市完全不是一个概念。

厂区除了一个小卖部和一个台球室，再也没有其他休闲娱乐场所。可以想象得到，工人们的生活是极其枯燥无聊的，不加班的日子，每个人都不知如何消磨时间。就连工厂的老板也觉得无趣，他买来了一头水牛和一群鸡鸭，亲自饲养，聊以打发时间。

如今，隔了十多年的岁月，普惠打火机厂的老板姓什么，我已然记不起来了。但我对他的印象极深，因为他曾经是我崇拜的偶像，尤其是他那些过往传说，就像武侠小说里的片段，让我无法忘怀。老板是顺德人，据说以前混过社会，后来与一名富商的女儿相恋，为了爱情改邪归正，在岳父的支持下开工厂创业，实现完美转身——听起来有点像香港电影里面的狗血剧情，让人难以信服。

我进厂上班之后，经常看到老板迈着缓慢的步子，戴着一顶浅蓝色的纱绒帽，背着双手在各大车间走动，或者在工业园里散步。那步子是淡定的，是从容的；脸上的神情是悠闲的，也是知足的；让人感受到一股儒商的温文尔雅，很难联想到他背后掩藏的"刀光剑影"。直到有一天，我目睹了一场大规模的群架之后，才相信那些传闻并非空穴来风。

听老员工讲，老板出生于贫穷农家，只读到小学三年级，小小年纪就跟着父母插秧种地，锄草施肥，闲时还要养鸡放牛，跟我们这些农村出来的山娃子一个样。后来，他不甘心一辈子当农民，就跑出去混社会，没想到走了大运，俘获爱情的同时，竟然成了一名企业家。

从农村出来的人，再怎么飞黄腾达，也抹不掉乡土气息，那是一种融入血脉的情感。老板买来家禽牲畜饲养，我想除了打发时间之外，大约也是怀念在家里务农的少年时光，尤其是那些放牛养鸡的记忆，无时无刻不在勾起他的思念之情。这种情感我特别能理解，我小时候喜欢放牛，对水牛独有眷恋，看到水牛就像看到亲人般，即便是闻到它身上的粪泥臭味，也觉得可亲可爱。

打火机厂坐落在山坳，环境幽美，倒是个放牛养鸡的好地方。周边是葱茏的山林，挨近山脚的陡坡处有一口狭长的池塘，水质清澈，两边垂柳摇曳，倒映出天空与山峦的景象，看上去就像一块雕满花纹的碧玉。池塘里面终日游着一群白鸭，如果不是发出嘎嘎叫声，会让人以为是一团白云漂浮在水里。鸡群就在塘边的草地上觅食，时不时传来公鸡打鸣或母鸡下蛋的咯咯声，给幽静的山坳带来了一丝祥和。后来，鸡群玩野了，四处乱跑，有时跑到车间去，员工们正专心做事，冷不防从底下蹿出一只老母鸡来，能把人吓出一身冷汗。

因为是老板的宠物，连车间主管都不敢对鸡群大声斥责或撵赶。鸡群目中无人，横行霸道，活得比人潇洒。我从车间送产品去仓库，经常踩到鸡屎。有一次还捡到一枚鸡蛋，开心极了，用开水拌到饭里吃，算是加餐。还有那头水牛，我也见过几次，是很普通的小牤牛，牛角才冒出尖儿，应该只有七八个月大，没有穿鼻，只是套了一个牛笼头。这头牛崽也真是投了个好胎，不用劳苦，每天就在山坳的草地上静静吃草，远远看去像一只从山林里跑下来的小鹿。有时候老板会走过去，轻轻抚摸牛的脑袋，像抚摸自己的孩子。

按理说，老板看破江湖，有一种隐居的心态，在工厂管理上，会有儒家思想贯穿其中。但是很奇怪，老板却用江湖帮派的手段管理工厂，任由员工胡作非为，只要不搞出人命，不影响他的利益就行。

私人企业的管理模式很简单，老板就是家长，可以完全按照自己的理念来执行。新世纪初，中国制造业刚刚崛起，许多先进的国际化管理经验与企业文化都还没有铺开，草根创业的老板仅凭自己的个人想法和经验来管理工厂，没有什么所谓的模式，只要工厂赚钱就行。

有什么样的家长就有什么样的家风，普惠厂就像一个江湖，分出三大帮派。资格最老的是"四川派"，做事最牛的是"湖南帮"，人数最多的是后来居上的"广西派"。"广西派"其实是钟山派，因为普惠打火机厂在钟山县开过两年，后来才搬迁到梧州，再从梧州迁到江口镇，所以厂里有一半员工是我的同乡。

在中国的历史上，湘军、桂军、川军打仗都很厉害，这三个派系混在一起，很容易擦枪走火。作为元老级的

"四川派"一向高傲，但新晋势力"湖南帮"也不甘示弱。不知道两个帮派是何时结下来的仇怨，总之，他们随时可能因为一点小事起冲突，继而演变成群架。我进工厂不久，便有"眼福"，目睹了打群架的场面。

他们打架的原因，令人大跌眼镜：一个四川人和一个湖南人在仓库领货时，一个多领了一些，一个少领了一些，多做多得，少领的就看不惯，在嘴皮子上起了摩擦。后来，两人回去喊人，两个"帮派"的人马就放下手中的活儿，跑到厂区一块空地上对峙。

仓库门口有一块篮球场大的空地，用于装货卸料，双方人马就在这块空地上摆起龙门阵。先是叫骂，"四川派"人多势众，且四川话骂人无比绝妙，"龟儿子""先人板板""砍脑壳"一类的词句，像飞镖一样射出来。湖南人性子急，卵子还没有骂热就扑了上去。

我们早已听到风声，都放下手中的活儿去围观，就连车间主管也在边上围观。刚开始主管们还假惺惺地劝说几句，但一看动起手来，他们就像被撵走的鸭子，站到边上看热闹了。

现场围观是一件振奋人心的事情。试想一下，近两百号人混在一起大战，那场面跟电影《古惑仔》打群架如出一辙，只是没有刀光剑影而已。我们像看球赛进入高潮一样，都忍不住起哄呐喊，一些血性的人被现场的气氛点燃了，不管三七二十一，冲到人群中打"太平拳"，也不管打的是谁，过了一把瘾之后，又跑出来混在观众里围观。

老板听说打架了，也出来观看。他站在边上，双手抱胸，一张饱满的国字脸上，写满了不屑的神色，就像大人看小孩打架。但是，从他那闪烁不定的眼神中可以看出来，他是很享受这种围观的，甚至像重温往事。老板之所以买来家禽牲畜饲养，是因为出生在农村，骨子里蕴藏着农家子弟的情感；而他当年混了这么久的社会，对那段江湖往事肯定也有某种情感，所以他才放任手下工人打架群殴，为的是回味旧时岁月。在别的工厂，打架斗殴当然是要被炒掉的，而且永不录用，但在普惠厂却恰恰相反，一个人打架出名，是会受到老板器重的，甚至可能被提拔为主管。老板大约是这样认为的：恶斗之人可以服众，是当管理者的栋梁之材。普惠厂的员工善勇好斗，主管们跋扈嚣张，与此有很大的关系。

直到有人被打得趴在地上，老板才出面喝止。他钻到人群里，大吼两声，双方人马就像演戏般，收住了手脚。那一瞬间，老板彰显出江湖大佬的魄力，举手投足之间，有一种叱咤风云的气势，像武侠小说里那些声名显赫的大侠，一出场就能震慑众生。老板才是这场群架中最出风头的人，打架的人不过是他的江湖背影罢了。现场因为老板的出现而气氛热烈，有些人因为崇拜老板，吹起了口哨，甚至尖叫。——这绝不是夸张，也不是虚构的场景。如今想起那个场面，我也觉得不可思议，老板怎么能放任员工打架呢！当然，那时在场的所有人都觉得这是理所当然的，并不觉得荒谬。像我这种刚出来打工没有见过世面的人，又痴迷武侠小说，被老板当时的气场折服得五体投地，觉得老板从头到脚都散发出一股神秘的力量。我甚至陷入幻想，自己这辈子能这样出人头地一次，也不枉此生了。群架虽然打得激烈，但没有动用武器，而且当时又是冬天，大家都穿着厚衣服，并没有断手断脚的重伤。打架者各自擦了鼻血，吐几口带血的浓痰，咧开嘴，龇着牙，骂爹喊娘地回到岗位上班。

打架对他们来说，或许只是为了发泄体内多余的荷尔蒙。

打火机厂是危险企业，无论搬到哪里，都在偏远地带，不能融入正常人的生活圈子，日子十分无聊，工作也无趣得很，令人精神压抑，总想惹出点事情来，打破死水般的状态。大家出来打工都是为了赚钱，并没有结下什么深仇大恨，没必要打个你死我活。两个帮派的人马经过这些年的较量，早已达成默契，皆没有使用砖头、木棍、刀子等武器，就用最原始的空拳赤膊上阵，即使打伤也不过是鼻青脸肿，嘴角流血，不会闹出人命。

打完架，两个帮派的男人如同发春后的牲口，身体的欲望被掏空了，一个个都老实起来，很长时间都没有风吹草动。

二

　　我到普惠厂打工，父亲只给了我一百块钱。不能怪父亲吝啬，因为寨里的兄弟说，打火机厂包吃包住，不需要交押金，只需押身份证就行。父亲没有外出打过工，并不知道包吃包住的概念，以为就像去别人家里做事，有得吃有得住，只要遵守规矩干活，每个月都会有工钱拿。我当时也天真，以为外面遍地黄金，一百块路费钱足够了，根本没有想过离开家乡的日子是彷徨无助的。

　　在一股巨大且令人眩晕的兴奋中，我以逃亡的速度，收拾了简单的行李，屁颠屁颠地跟着寨里几个兄弟出发了。路上，花了五十块钱的车费，我把余下的五十块钱偷偷藏到鞋垫下面，怕弄丢了。那是一双农村人惯穿的解放鞋，因为穿了多次，已经有了年轻人的脚臭味。正是这股臭味，如同设置了人体密码，我觉得藏在里面的钱很安全。

　　抵达打火机厂已是夜里的八点多钟。我和寨里的伙伴都没有外出打工的经验，出门时谁也没有带床上用品，只带了几套换洗的衣服，到了宿舍看到光秃秃的木板床，上面什么都没有，才知道所谓的包吃包住其实是一个谎言——厂里提供宿舍睡觉，提供饭堂吃饭，但月底要从工资里扣除住宿费和伙食费；工资要押一个月，并不是当月就能拿到，新进厂的员工必须要自备两个月的零用钱；被子、水桶、碗筷等个人生活用品，一切自理，厂里概不负责。

那时已经临近大雪节气，虽然身在广东，但毕竟在与广西的交界处，白天气温有十几度，夜里就只有七八度，天气冷时甚至只有四五度。我们把所有厚衣服穿上了，像北极熊一样蜷缩成一团，翻身时硬邦邦的床板吱呀作响，仿佛床也被冻得苦叫起来。

初次外出打工，毕竟兴奋，虽然冻了一夜，睡得不好，但第二天起来时仍是精神抖擞。一位阿姨带我们去饭堂吃早餐，饭堂在厂区门口，离宿舍还有二十分钟的路程。早餐没有登记到饭卡上，需要掏现金购买，很多人为了省钱，都是空腹去上班的，饭堂门可罗雀。

吃罢早餐，阿姨带我们进厂。我和寨里的几个伙伴全部分配在注塑车间。刚进车间，我们就被一股塑胶味呛到了，那股像焚烧塑料的臭味，让人闻到都想吐，很不情愿待在这个车间。但没办法，人事部的分配如同皇帝的圣旨，是无法抗拒的。一个星期后，和我一起进厂的几个兄弟吃不了苦，都跑掉了，只剩下我孤军奋战。又过了几天，我也想跑了，但身上的钱已经花完，没办法跑，只得硬着头皮扛下去。

打火机厂有近十个车间，其中注塑车间是最苦的，不仅工作环境差，而且还要上夜班。车间的机工和老员工都很欺生，总是拿我们这些新来的员工出气。有一次，一名老员工莫名其妙要打我，还扬言说见一次打一次，吓得我那段时间下了班，也不敢马上出厂门，要等半个小时后才出去。当时普惠厂的风气就这样，老员工都按江湖套路出牌，喜欢喊打喊杀，看谁不顺眼就来一句"你是不是想打架"。这并非开玩笑，只要你敢答应一声，还真会打起来。不知为何，那个老员工总是针对我，让我受了许多委屈。

连机工也是一副凶神恶煞的模样。普惠厂把机修工简称为"机工"，大约是"负责机器维修管理"的意思，这称呼叫起来和"鸡公"一样，还没有叫出口就要引人发笑。过了两天，我们就笑不出来了，管理我们的机工姓彭，脾气十分古怪，可以说是我所遇到的人当中（包括现在）脾气最怪的。彭机工动不动就爆粗口，动肝火，拉黑脸，摆出一副要打架的样子，就连那些性子跋扈的老员工都畏他三分。我搞不懂他为啥要发火，他年纪并不大，当时也就三十出头，远不到更年期，而且长得蛮帅的，脸颊立体，长了一个性感的鹰钩鼻，有点刘德华的感觉。彭机工好像不找人骂一顿心里就难受。我是个胆小怕事的人，又是第一次出来打工，没见过世面，以为天底下所有的管理者都是这副凶巴巴的模样，越凶的人职务越高，所以逆来顺受。柿子捏软的，我成了他们的出气筒。

有一次上班，机器出了故障，一直没有修好。因为工资是计件的，机器罢工我们就没有收入，于是我们随口问彭机工，机器什么时候可以修好。彭机工突然像发了疯，开始用广东话骂我们，一声声的"丢老母"就像波浪起伏，朝我们涌来。后来还指着我的鼻子说不想做就滚。跟我一起开机的搭档实在受不了，豁了出去，跑去找厂长告状。厂长把车间两名机工都召唤过去，狠狠地训了一顿。我以为彭机工从此会收敛，但从厂长办公室出来，彭机工又开始骂我们，说他是老板招进来的，以前跟老板一起混社会，厂长算个屁，有本事让我们去找老板。幸好另外一名机工识相，劝了许久才平息这场战争。当然，善有善报恶有恶报，我在普惠厂待了不到半年，这个跋扈的机工就被人打了两次，但一直死不肯改他的脾气，也真是个怪人。

在注塑车间上班，最痛苦的是吃饭问题，这比受老员工欺凌、被机工恶骂更加难熬。我小时候体弱多病，十八岁仍在长身体，饭量很大。饭堂的伙食差，油水少，工作体能消耗让我每天都觉得肚子空荡荡的，从来没有吃饱过。饭堂的米饭限量供应，每餐每人四两米饭。说四两，够不够谁知道呢！每人只打两勺，用我们家里的大碗来衡量，大约只有一碗，我在家里至少要吃两大碗才饱，一碗只能勉强填个半饱。但是你想让厨工多打点米饭，他不仅不会多打，反而理直气壮地冲你喊每人四两，并给你翻个白眼，递过来的眼神似乎责怪我们不懂事。后来，一些饭量大的人无法忍受，就去买来不锈钢大盆，厨工用饭勺打两下，只能垫垫底，看上去实在是太少了，只得又添上一勺。如此形成了惯例，只要是端着脸盆大碗来打饭的，都是饿死鬼托生，厨工们都会同情性地多打一勺。

我也想去弄一个这样的大盆，但那时候钱已经花完，只能眼巴巴地看着别人比我多出一勺米饭来，羡慕得两眼湿润。多年之后，那一勺米饭的缺失仍在敲打着我的神经，仿佛那里藏着一个无底洞，时光再丰厚，也无法填满过去的遗憾。不过，这些好汉端着铁盆子排队打饭，看上去实在有些滑稽，吃饭时把脸趴在上面，跟洗脸一样，也令人感到好笑。工厂里面有很多女孩子，她们饭量小，不知道我们男人心中的苦，她们总是拿嘲讽的眼神看着这些端脸盆吃饭的人。在农村，用这种盆子吃饭，会把家底吃穷的，肯定找不到对象。

别的车间不用上夜班，作息时间很有规律，即便是一日两餐，也能让人活得踏实。但是注塑车间需要上夜班，吃饭就变成了一件痛苦的事情。干了一晚上的活，困得要命，中午睡得死，根本起不来吃饭，到了晚上只吃一顿，一到半夜就饿得灵魂出窍，整个人轻飘飘的，像虚脱一样。我到打火机厂时只余下了五十块钱，本来想留着回家当路费的，但我不得不买水桶、洗衣粉、洗发水、牙刷、饭盒等日常用品，只剩下了十几块钱。本想买一床被子御寒，睡在光秃秃的床板上，就像坐牢睡地板，那滋味实在不好受。但十几块钱根本买不到被子，那时想借钱也不可能。

后来，我就拿这十几块钱买了一箱泡面。不是正宗的泡面，而是那种用来做炒面的泡面面饼，没有配料包，泡开后一点味道都没有，寡淡得很。我买了一包盐，就这么配着吃，味道好坏谈不上，聊以充饥罢了。

注塑车间两班倒，每班十二个小时，早晚的八点钟如同生命的交界线，在黑白两个极端里徘徊。老员工欺生，我们这些新员工只上了几天白班，就被他们赶去上夜班，一直上到了过年。上班极其苦闷，在充满刺鼻塑胶味、飘浮着塑料粉尘的车间里，不停地将打火机外壳插到底板上，一刻也不能歇手。注塑机每隔八九秒钟就开模，一模打出三十二个打火机外壳，哗啦啦地从模具里掉下来。将外壳捞到桌子上，要以最快的速度插入底板固定起来，否则过七八秒又开一模，速度跟不上就要堆积产品，下班后还要接着加班，能把人累死。一台机器两个人操作，一个人开机兼插机壳，另外一个人插机壳兼做一些加料换筐子的杂活。机器是半自动的，开模之后，开机的人要用钳子把水口料夹出来丢到筐子里，把门关上，机器才接着运行。夹水口料和关门的速度要快，必须一气呵成，这样才能确保产量。如果慢吞吞操作，不仅产量低下，也容易让注塑机的喷胶口凝固，产品就会变形或缺料，那是要挨骂甚至会被罚款的。

我们每天守在机器边上，就像囚禁在时间里的奴隶，除了吃饭和上厕所，几乎把命都交给了机器，交给了产品。

每天要坐十二个小时的硬凳子，屁股磨出又痒又痛的粉刺疙瘩，十分难受，恨不得把屁股的皮剥下来。手指因为插机壳，指甲两边经常起毛刺或刮掉皮，像针扎刀割一样。不能贴胶布，一贴胶布手指就不灵活了，插机壳速度就会变慢，只能任其慢慢变成硬茧。

注塑车间工作苦，环境差，很难招聘到新员工，为了赶产量，原本两人开一台机器，有一段时间还变成了一个人开一台机器。两人开一台机都忙不过来，一个人开机更是苦不堪言。不知道是因为工作劳累，还是因为吃了劣质泡面，那段时间我严重上火，脸上长满了爆红的青春痘。

一天夜里，我单独开机，不知不觉流出了鼻血，像一台漏油的机器，止都止不住。我一边抹鼻血一边开机插产品，来拉水口料的配料员看到了，害怕我失血过多昏迷，于是找来修机器的白色碎布，堵住我的鼻孔。我不能呼吸，只好张大嘴巴喘气，像一个窒息的人，但两只手仍不停地工作，如同垂死挣扎。第二天，我丢掉了半条命，回到宿舍连洗澡的力气都没有了，头昏眼花，在光秃秃的床上倒头就睡。醒来时发现脸上血迹斑斑，蛇皮袋做成的枕头也一片血渍——竟然在梦中不知不觉地流鼻血。现在回想起来，不由得感叹自己命大，没有在梦中失血死去。

后来，就连这些劣质的泡面都没得吃了。夜里没钱买夜宵，只能拼命地熬着，胃都熬出酸水了。更难受的是，早上没钱买早餐吃，从工厂回到宿舍洗澡睡觉，已经是十点多钟，胃里没有一点粮食，人睡得恍恍惚惚的，中午会饿醒。因为宿舍离工厂的饭堂还有一段距离，中午跑去吃饭又折回睡觉，这么折腾，一天只能睡四五个小时，命都去了半条，哪里还有精力干活。

那时候，普惠厂从梧州搬到江口镇才两个多月，属于新迁厂。因为工厂搬迁，老员工走了不少，我们才有机会进来上班。当时的员工饭堂承包给江口镇有权势的人经营，处于磨合期，很多规定都没有成熟。饭堂老板为了赚员工们的钱，下了死规定，中午那餐不吃也要扣钱，而且中午不吃，到了晚上就失效。也正因为这样，车间的老员工们才不愿意上夜班，让我们这些新员工吃哑巴亏。后来，我和另外一名新员工去找厂长诉苦。厂长和饭堂的老板再三商量，最后决定，鉴于注塑车间的工作特殊，中午那餐饭不吃，到了晚上可以打两餐。

这个新规定对我而言，简直是救命的稻草。吃晚饭时，我先吃一顿，再打一顿留着半夜当夜宵吃。但是天气非常冷，到了半夜米饭和菜都冻住了，需要用开水泡开吃。而且这一顿饭还不能吃完，要留一半到第二天早上当早餐，只有这样，中午睡觉才不会被饿醒。

这样的苦，一般人是熬不住的，因此跟我一起进厂的兄弟没过几天都跑掉了。我也想跑回家，家里已经进入闲冬季节，每天睡到太阳晒屁股也没人管，不像在这鬼地方，睡眠严重不足，连被子都没得盖，冻死了也没人知道。而且还要挨机工的辱骂、受老员工的欺负，活得一点尊严都没有。在家里，谁会骂我呢！我还想到每年的冬至时节，家里都会杀一头小花猪，腊肉一排排地挂在屋檐下，隔三岔五割一条下来炒白菜薹，吃得嘴巴油乎乎的，真是"在家千日好，出门时时难"啊！——就这么想着，想着，越想越难过，因为我已经没有回家的车费了。当然，我可以打电话回家，让父亲来接我回去，但那样做实在是丢脸。我是一个很要强的人，虽然性格柔弱，但是骨子里却憋着一股不服输的狠劲。这股狠劲是从那七年与病痛的对抗中熬出来的，让我比许多同龄人更能吃苦。当初，寨里的伙伴们从打火机厂离职时，也曾叫我一起回去，每个人凑十几块钱的车费给我，就能把我带回家。但我最终还是掐断了回家的念想，我不想跟他们一样，这么轻易就被生活打败，那以后还怎么出来闯荡江湖。

再苦再累，毕竟还有得吃有得住，所以咬咬牙，总算挨到了放年假。二〇〇三年的春节是公历的二月一日，厂里从一月二十五日开始放假。因为要押一个月的工资，我只领到了十二月份二十多天的工钱。领工资那天，我们从早上就开始等，一直等到了下午还没有动静。等待是漫长的，是焦虑的，是充满期盼的，也是充满痛苦的，尤其是穷困已久的人渴望拿到人生的第一笔血汗钱，如同一个饿了许久的人等着粮食下锅一样。怪不得人们把发工资叫"出粮"，自然是有道理的。

吃过晚饭，最后一丝惨淡的晚霞化成了暮气，老板娘才提着现金到仓库发工资。因为年前货物都出给了客户，仓库显得空旷而幽深，说话的声音要回荡许久才散去。大家都兴奋地议论着自己能拿到多少钱，拿了钱之后要买什么东西回家过年。现场乱哄哄的，但老板娘摆了摆手，所有的嘈杂声音都被压了下去，仓库瞬间恢复了安静，只有人们不安的喘息声。

我终于看到了传说中的女主人了，她平时并不怎么在工厂，而是在顺德的总部，负责业务部的订单。也许是老板的江湖传奇，让人产生了电影般的联想，我总以为老板娘是一个与众不同的奇女子。然而，老板娘并没有想象中的那样漂亮，也没有叛逆公主的傲然英姿，只有一副中年妇女的发福身材；五官也不出众，圆圆的脸蛋，眼睛倒是挺大，但神色不和蔼，从头到尾没见她笑过。相对老板那儒雅的气息，老板娘更像是混迹江湖的大姐大。

拿到工资时，夜幕已经降临。我站在仓库外面一盏昏暗的路灯下，反复地数着那微薄的工资——扣去住宿和伙食费，十二月份二十多天的工资，只有两百五十三块钱。两张一百，一张五十，三张一块。

我反复数着那几张钞票，并在手指上舔了些唾沫，使劲地揉着这些无辜的钞票。我那时不会认钱，只知道在手指上涂唾沫揉搓钞票，如果是假钞就会起毛，真钞则不会有变化。我不知道为什么要确认这些钞票的真假，也许是因为拿到钱太激动了，一时不知所措，抚摸这些钞票就像抚摸自己无助的情绪；或是想确认一下，自己苦了这么久，那些受苦的时光是不是都刻录在这些钞票里面了；又或者是我想从钞票上抚摸到一丝自豪感——我总算熬过来了。

不管出于哪种心情，总之，拿着那几张薄薄的钞票，我竟激动得无所适从。

三

时隔多年，我突然心血来潮，要回江口镇看看。

二〇一九年一月二十二日，农历腊月十七。快过年了，明媚的阳光预兆出岭南的暖冬气候，街道与小区都挂出了大红灯笼，在阳光下一派喜气。然而，我对过年的渴望并不是很强烈，反倒对去江口镇旧地重游，有一种莫名的冲动。那段时间，我正在写长篇小说《春潮》，文中的男主人公要将广东的打火机厂引进内地小镇创业。我回忆起打火机厂的往事，就想回江口镇看看。

吃罢午饭，我抑制不住冲动，拿起了车钥匙。

我用手机地图直接导航到普惠打火机厂，导航显示有二十三人访问过该地址。我以为它还在山坳里，涌出莫名的惊讶与喜悦。十多年来，中国经济和科技迅猛发展，淘汰了许多企业，像打火机厂这种依靠大量人工生存的企业，怎么还能经营下去？

从东莞到江口镇，三百多公里，四个多小时的车程。抵达打火机厂旧址，已是下午五点半。我把车子停在厂门口，望着这片被夕阳覆盖的山坳，原本激动的心情化作了一丝悲凉。这不是为了煽情而故作矫情，当一个人故地重游，面对十多年前的记忆，看到物非人亦非的情景，心里怎能不悲凉？何况，我是特意带着某种重温之情而来的，一路上，因为记忆的发酵，心里酝酿出厚重的情感，当看到眼前的一切都变了模样时，那股情感便失去了依托，一股失落在心头弥漫开来。

山坳里的工厂，已然不是打火机厂，而是化工厂，散发出淡淡的臭鸡蛋味。山坳也容貌大变，被时代的机器重新拓凿过，面积扩大了许多。以前那些用铁皮搭建的饭堂、宿舍和台球场，皆被无情的时光连根拔起，消失在漫长的回忆之路，取而代之的是新的高楼厂房。

我沿着曾经通向普惠厂的水泥路，往山坳里面走去。这条水泥路的宽度没有变化，但拓长了许多，以前只到大门处就中断了，现在却可以一直通向深处，里面凿开了另外一片区域。一路上，竟然没有碰到一个行人，也没有听到一声鸟啼，似乎连风都没有，除了化工厂里面低低的机器嗡鸣声，一切都是静悄悄的。一股莫名的孤寂笼罩在山坳里，寂静让这里的一切都蒙上了陌生感。

越往里走，化工厂散发出来的臭味就越浓烈，像毒气一样呛人，比注塑机散发出来的塑胶臭味还难闻。大约是这股气味作祟，驱走了山坳里的鸟雀们，树木再也找不到知音，一切都死气沉沉的。

进入山坳深处，我看到了打火机厂遗留下来的厂房，记忆终于有了依靠，如同种子回归大地，某段时光因此获得了重生。这些厂房是打火机厂的各大车间，现在已经成为化工厂的仓库，里面塞满了蓝色的大桶，一层一层堆放着，有一些还堆在了门口处的过道上。房顶仍是蓝色的铁皮，大概是翻新过的，夕阳的余晖落下来，铁皮散发出幽幽的蓝光，没有一点岁月的沧桑感。山坳被拓宽之后，两边的山体变得陡峭立体，高高地耸起，像悬崖断壁般，上面还遗留着机器挖凿的痕迹，并没有被时间的风雨清洗掉。从这些凿痕和新盖的厂房来看，化工厂应该是搬来不久，在化工厂搬来之前，打火机厂难道还存在？如此说来，是我来得太迟了，如果早来一两年，或许还能看到它们最初的样子。

山上那些四季翠绿的松树与高山榕，是这场变故的忠实目击者，它们仍静悄悄地屹立着，把这里的沧桑变化都刻录在自己的年轮里，一圈圈地封存在体内。可惜，那是属于它们的回忆，我不能从它们身上打听到岁月的变迁。此刻没有风，树木们都沉默地立在山上，发不出一点声音，它们似乎也没打算向我这个陌生人透露半点心事。不知道是化工厂的原因，还是树木太沉默了，整个山坳看起来都很憔悴，树木的颜色也显得灰暗，毫无生气，不是我记忆中那样的精神了。而厂区里那片如同碧玉般的池塘，也已经被岁月的尘埃抹平，被一座高高的大楼镇压住，永无翻身之日。山坳再也没有一点诗情画意，全是生冷的工业气息，呛得人鼻子发酸。

时间改变了一切，记忆或许同样遭到了篡改。山坳变形，那些人和事都去向不明，即便我努力还原记忆中的原貌，写下悼念般的文字，但因为工厂的蒸发，一切都变得虚软无力。

我从山坳深处走出来，走到西江边的草地上。江边杂草丛生，藤条缠绕，因为缺少人迹光顾，野草和藤条长得肆无忌惮。江岸边竟然长着一片香蕉林，宽大翠绿的香蕉叶跳跃着夕阳与江水融合的波光，闪烁出时间的诡异，这条大江的身份顿时变得可疑起来。以前，江岸边长的全是芦苇，被江风吹得哗哗作响，听起来像涛声。芦苇开花时真是好看，一簇一簇的像仙鹤的羽毛，风吹来时，白色的花丛与江里的波浪遥相呼应，像时间重叠，托起了浪花的骄傲。现在，芦花已无，蓼花已老，一切都变了样，只有这片陌生的香蕉林，葱绿可疑，让人无法忍受也无法接受。

岸边的路肩也种了绿化树，用铁护栏围起来，原本狭窄的江堤变得更加逼仄，难以行走。现代人的交通工具多了，没人再愿意走路，路肩的野草长得理直气壮，掩盖了我曾经走过的路。就连国道也落寞起来，以前这里车流量很大，每天都川流不息，尤其是那些大货车，像巨兽一样贴着地面咆哮，声音涌向山坳，灌入我虚弱的睡梦中，成为梦境的一部分。现在，已经将近年关，却许久才看到一辆车，而且都是小车，再也没有大货车和大客车的身影。大约是高速路四通八达，出行方便，大家都不愿意走国道，这片山坳愈发地令人感到寂寥。

夕阳西下，我盘腿坐在江边，像一个入定的僧人。我虔诚地认为，只要在江边身临其境地回想往事，通向普惠厂的记忆大门将会砰然打开，那些黑暗、光明、阴霾、迷茫和湿潮的记忆就会迎面扑来，那些遗忘的岁月也会跟着复活。

在普惠厂上班，每当清闲的时候，我也会像此时此刻一样，盘腿坐在江边发呆。尤其是在吃晚饭的时候，我喜欢坐在江边，一边吃一边看着江里的风景，想念家乡的亲人，想象与他们一起吃饭的场景。粗糙的饭菜因为眼前的风景，变得可口起来。我曾在江里当过两年的渔民，对江水的感情特别深厚。家门口的富江流入贺江，再从贺江汇入西江，西江的水有一部分是经我家门口流过来的。那些腥潮的水汽，在风中泛起了孤独的涟漪，我能闻到家乡苍老的气息，在苦难的岁月中，让我有了一丝安慰。我知道，只要顺着这股水汽，无论我漂泊到何处，都能找到回家的路。

江里的货轮仍是络绎不绝，载着集装箱呜咽前行，渔船的柴油发动机哒哒哒地响个不停，声音听起来像是从岁月深处传过来的。那些大轮船驶过江面，因为缓慢，并没有留下太深的痕迹，倒是那些小渔船，因为速度快，能把水面剪开一道伤口，当伤口愈合时，许多时光就下落不明了。

这天阳光很好，夕阳洒在江面，波光粼粼，那波光与辽阔的江水完美结合，让人感觉这就是时光，这就是岁月。我一直盯着江里看，当一个人长时间盯着江水，就会产生恍惚感，江水就会倒流，如同时光倒流般。此刻，我就想让时光倒流，哪怕是片刻的画面回旋，我也能从曾经的苦难中提炼出一丝快感，慰藉此行。但是很遗憾，身边一切都陌生了，因为时空的抽离，宿命的记忆被提前透支，我无法赎回一个背影，一段琐事，一场梦境。所有的蓄意，都沦为一场不可实施的阴谋。

时间依旧流逝，暮色渐渐四合，收敛了大江的光芒，一条大江恢复了它原本的身份，所有的想象都沉入了冰冷而幽深的江底，被沙石覆盖，再也没有水落石出的一天。我身后的山坳开始模糊不清，迅速隐没在记忆的黑暗深处。终于起风了，江边的树丛发出沙沙响声，像某些东西正在迅速逃离，就像当年我迅速逃离家乡那样，最终沦落成异乡人。

一条淘沙的空船，趁着夜色从上游开下来，停靠在江里的拦水坝边，柴油发电机哒哒哒地响着，敲打着我的神经。我凝望着它，夜幕下，这条巨大的沙船看起来就像一条搁浅的鲸鱼，正在痛苦地呻吟着。这让我回想起离开普惠厂的场景，那天我原本要上夜班的，但是我决定不去了，就这样坐在江边，看着江里的轮船在黑夜中游行，一直坐到了深夜，仍毫无睡意。后来，也有一条淘沙的大船就像此刻一样，在我的前面停留下来，它的马达声听起来是那样的忧伤。

我离开普惠厂是迫不得已的。二〇〇三年的春节过后，普惠厂因为资金短缺，工资一直发不出来。那时正值非典暴发，大家虽然对工厂发不出工资感到不满，但都不敢乱跑，只能窝在厂里继续干活。有人因为气不过，闹起了罢工。闹得很厉害，厂长都换了三个。每次来调查过后都是不了了之。因为活得郁闷，为了发泄内心的不满，厂里又有人打架。老板大约也是心烦，没有犒赏打架者，反而把他们炒掉了，只打发了一点路费。这样一来，再也没人敢在厂里打架。

五月中旬，非典接近尾声，很多员工就像出笼的鸡鸭，丢掉了工资，头也不回地走了。先走的是湖南人，后来是四川人，曾经朝气蓬勃的普惠厂，就像扎破的皮球，一夜之间瘪了下去，最后只余下了一百多号钟山人在里面苟延残喘。当时厂里有一名主管是我们县城的，一直想当厂长，想尽办法稳住同乡的心。我本来也不想离去，但隔壁的顺灵打火机厂正好要招一名注塑车间的熟手，贴出了招工启事。顺灵厂口碑好，"出粮"准时，吃饭也没有四两的规定，米饭是自己打的，想吃多少打多少。机不可失，于是我去了顺灵厂面试。

普惠厂资金链断裂，并不是打火机的生意不好做，而是老板开打火机厂赚了钱，在顺德投资了一家水龙头厂，结果经营不善，一直亏损，将打火机厂活生生拖垮了。厂里用的水龙头就是老板自己生产的，外观倒是挺好看，像一朵玫瑰花的造型，可以当装饰品。这种玫瑰水龙头拧开时，水流像仙女散花，喷成一个环形，冷不防会把衣服打湿。女孩子很怕拧这个水龙头，一不小心胸口就被打湿了。拧这个水龙头要拧两下，先拧一下，然后关掉，再拧一下才是柱形的水流。这种双喷式的水龙头当时算是新颖的，但不适合家用，而且也不耐用，车间门口洗手盆的水龙头一个月要拧坏好几个。

我离开普惠厂不久，便听说老板把工厂卖掉了，由别的老板接盘。不过名字并没有更改，仍是叫普惠打火机厂，只是里面的管理模式改变了。我在普惠厂穷途末路的时候进厂，可谓不幸，也可谓大幸。不幸的是，吃了很多苦，还丢掉了近三个月的工资；大幸的是，吃苦又一次锻炼了我的意志力，让我明白在外面生存不容易，更懂得了进取与珍惜。

离开普惠厂的时候，一些同乡还好意挽留我，说丢掉这么多工资跳槽，实在是不值得。何况那时已是五月下旬，说不定六月初就会发工资。但我没有听劝，因为我实在受不了普惠厂的生活，每天都吃不饱，上夜班要用开水泡剩饭吃，胃里总是冒酸水。因为营养缺乏，我的体质下降，旧疾也开始蠢蠢欲动。假如旧病复发，我没钱买药吃，腰骨疼痛，走路就会瘸腿，无法给机器上料，那将会是一件痛苦的事情。所以，我才义无反顾地去顺灵厂面试。

我想起面试的情景，顺灵厂的保安让我把头发剪短一些，他说厂长是部队出身的，不喜欢留长头发的男孩。后来我就去剪了个寸头，露出宽大的额头。我的眼窝深陷，颧骨突出，鼻子大，下巴尖，因为熬夜瘦得厉害，一副人不人鬼不鬼的样子。我很担心厂长不要我。

那时非典虽然接近尾声，但还没有完全消除，进厂需要量体温。我把温度计夹在腋下，过了二十分钟，保安才让我取下来，并在一个本子上做了登记。门口有一桶凉茶，边上放了一个很深的不锈钢碗，保安让我喝一碗凉茶才放我进去，说是防止病毒进工厂。

我打了一碗凉茶，抿了一口，差点就吐出来了。这哪里是凉茶，分明是臭水沟的潲水，又苦又馊，难以下咽。保安见我痛苦的表情，诡异地笑了笑，说凉茶是根据深圳那边传来的经验熬制的，什么板蓝根、白醋、大蒜、黄连、二十四味凉茶等，全都汇在一起用大火熬炼。我心里发忧，问能不能不喝？保安语气坚定地说，不行，你想进厂必须要喝！

我端着碗，望着颜色可疑的药水，感觉像传说中的孟婆汤，散发出诡异的气息——难道喝下去之后一切都会改变？

我知道别无选择，即便是毒药，我也要将它喝下去。

我仰起头，憋着一股劲，就这样把来自生活的苦，来自命运的苦，来自时间的苦，一口气统统喝了下去。辛酸苦涩的味道穿过喉咙，一下子抵达了我的灵魂深处，那一刻，我浑身颤抖起来。

第三章

一

　　顺灵厂和普惠厂中间只隔了一道围墙，老板也是顺德人。因为山坳里只有这两个打火机厂，因此两边的员工经常跳槽，即便到了顺灵厂，也会遇到一些熟人。

　　我进顺灵厂的时候，注塑车间就我一个钟山人，当时的工厂都讲究乡党势力，身单力薄的我总是抢不到好的机器。注塑机和模具有新旧之分，旧模具和旧机器容易出问题，产量比不上新的机器。和我开机的搭档也是个新手，我俩总是被排挤到旧机器操作，工资比别人要低一些。

　　过了不久，两位老乡也从普惠厂离职，进入顺灵厂的注塑车间。有了乡党依靠，我于是敢跟老员工叫板。这两名老乡一个叫李春甫，名字很文雅，人也长得秀气，就是个子矮了一点，他是我们县城同古镇人，我们都叫他同古仔；另一个叫董三贵，小名三弟，此人其貌不扬，一张厚厚的香肠嘴，牙齿参差不齐，说话很大声，喜欢吹牛，他还有一个特点是眼珠子转得极快，像拨动的算珠，透出狡黠的神色，看上去总是想占人便宜。

在普惠厂的时候，我和同古仔关系好，但与三弟有一些过节，因为他曾拿我出气，让我受了不少委屈。到了顺灵厂，注塑车间就三个同乡，在同古仔的撮合下，尽管我心底瞧不起三弟的为人，但最终原谅了他，常在一起玩。

打火机厂地处偏僻，生活是很无聊的。偶有不加班的日子，员工们就像放风的犯人，无所事事地在厂门口小卖部和台球场转悠。男工大多围着几张台球桌打转，搞上几局，让乏味的时光在台球桌上发出声响；小卖部的电视机边上总是扎堆坐着女孩子们，看着无头无尾的电视剧，磕一包五香瓜子，便是对夜晚最好的犒赏。同古仔和三弟当时不过十七八岁，脸皮却厚得很，敢钻到女孩堆中搭讪。不久，两人便谈了女朋友。

同古仔和三弟追的女孩也是同乡，那是一个由四个女生组成的少女组合，同古仔和三弟追到了其中两个，每次约女朋友吃夜宵或到外面闲逛，两位女友总会拉上另外两个妹仔，令他们头痛不已。经过一番商量，他俩决定拉我入伙，让我追其中之一，三对四，这样就可以把落单的女孩子挤掉。

我当时已满十九岁，正值青春年少，当然渴望来一场恋爱，驱散沉闷无聊的时光。他们要我追的那个女孩，我在饭堂也照过面，长得还蛮漂亮的，据说厂里很多男孩想追她，但都没有得手。我想我身无一技之长，又瘦如猴子，走起路来像打摆子，她应该不会看上我的。但在二人的怂恿下，我也不想错失机会，于是撑起胆子答应了。

顺灵厂的注塑车间跟普惠厂一模一样，也是两班倒，一个月转一次班。二〇〇三年的国庆节，我们三人转入夜班。我记得很清楚，国庆节除了注塑车间不放假，其他车间都放假两天。同古仔和三弟跟女朋友事先说好，国庆节要带她们去梧州玩，并在梧州留宿一晚。没想到注塑车间竟然一天假都不放，打乱了两人的美好计划。两人于是怂恿上夜班的员工一起罢工，如果罢工的人多，对抗厂规的底气就足一些。

因为是同乡，我只好跟着瞎起哄，国庆节那天晚上没去上班。结果捅了娄子，被罚了两百块钱，还写了检讨书贴在厂门口。同古仔和三弟觉得有愧于我，他们发誓一定要帮我找到女朋友。

四位女生都是面阀车间的员工，她们的工作很简单，就是在打火机的空壳上安装充气阀，不需要上夜班。因为两个车间的作息时间岔开了，纵然有念想，却没有机会和女孩子碰面，只有等到我们上白班时才有机会接触。不过同古仔和三弟早已把女孩的信息告诉我：董秀，一九八五年七月出生，钟山县马山人。我问他们，是大马山还是小马山？三弟说是大马山的。我舒了一口气，马山是我们县城的一片村域，分为大马山和小马山，两者相隔七八里地。我的母亲是小马山的，也姓董，如果董秀是小马山人，那肯定是我的表妹，我当然不能再对她动心思。听说她是大马山的，虽然也姓董，却隔了一个寨子，应该没有什么血缘关系，倒是可以放心了。

挨到了十一月，我们从夜班变成白班，上班时间为早上八点到晚上八点。下班后，我们回宿舍冲完凉洗好衣服，正好九点钟，其他车间的下班时间就到了。同古仔和三弟约了四个女孩在小卖部边上的夜宵摊吃粉，夜宵摊也是饭堂经营的，乏善可陈，通常只供应炒米粉或汤河粉，卖得也不贵，一块五或两块钱一碗。但为了让这次见面变得有趣一些，我特意到小卖部买了花生、瓜子、鸡爪等零食来助阵。

同古仔和三弟事先也将我的基本情况告诉了董秀，和她见面，不用再自我介绍。因为是同乡，都讲家乡土话，没什么隔阂感。我们围坐在饭堂的长条桌边上，女的坐一边，男的坐一边，我与董秀面对面，只隔了一块四尺宽的桌面，不管抬头或低头，都能看到她。

董秀一张桃形脸，五官娟秀，眼睛很大，笑起来月弯向上，眉梢眼角颇显妩媚。她的身材高挑，略显丰腴，十一月的天气颇冷，她穿着一件粉色的鸡心领毛衣，脖子上系着一条小丝巾，丝巾是淡紫色的，与毛衣很搭；外套穿的是一件绿色厂服，尽管厂服宽松，但胸前的轮廓还是很明显的。我对长得丰满的女孩素有好感，这么仔细一打量，便喜欢上她了。

三男四女坐在一起，话题甚多，你一句我一句，并不冷场。吃罢夜宵，我们便沿着国道边上的绿化带——也是西江岸边的草地，护送女孩们回去。她们不住宿舍，嫌宿舍又脏又乱，没有私人空间，也不安全（那时发工资都是发现金的），因此在外边租房。打火机厂地处偏僻，想租房子，得要走好长一段路。

她们住的地方离打火机厂有八九里地，走过去要四十来分钟，如果走得慢，得花一个小时。那是一栋本地住房改建成的集体出租房，五层高，董秀她们住在二楼走廊左边的一间小屋子。出租楼两边各有一栋两层楼的民宅，民宅和出租楼的墙壁连体，因此二楼的房间都没有窗户，像地下室一样终日不见光，只是在门口的上方开了一个A4纸大小的透气口，不至于令人窒息。房间也不大，只有十一二平方米，以"7"字形的方位摆放了两张木床，挤得满满的。这样的小黑屋和难民房或地牢差不多，幸好住的是女孩，房间收拾得整齐干净，倒也不闷。董秀说，她们想住到三楼以上的房间，那就有窗户了，可是三楼以上的出租房早就租满了，没有空房，只能将就住在小黑屋。她说的是实情，打火机厂方圆十里就这么两三栋出租楼，边上还有别的工厂，自然是供不应求，能租到这样的小黑屋已经相当不错了。

在同古仔和三弟的撮合下，我们三男四女每天都在一起吃夜宵散步。过了一周，我和董秀便熟稔了。没想到，她对我也蛮有好感的，别人问她我是不是她的男朋友，她竟然不否认，只是害羞地笑笑。同古仔和三弟跟我打包票，我和董秀的事情肯定是成了。他们劝我大胆些，走在一起时主动拉她的手，看她的反应。但我仍很害羞、拘谨，虽然也很想牵董秀的手，却又不敢。

一天晚上，夜宵过后，我们三个依旧送四个女生回出租楼。跟往常一样，那位落单的女孩不想当电灯泡，一马当先，走在了最前面。随后是同古仔搂着他的女朋友，接着是三弟搂着他的女朋友。我和董秀走在最后面，因为关系还没有确认，我不敢牵她的手，只是并排而行，中间还留了一些空隙，连肩膀都不敢挨一下。董秀突然问我，你是养牛地上寨的还是下寨的？

这是我和董秀相处多天之后，第一次聊起老家的话题。我的老家叫养牛地（旧时地方荒芜，适合养牛，故得此名），一共有三个姓，分为上寨和下寨。上寨姓莫，下寨是冯、欧二姓。同古仔和三弟事先把我的信息告诉了董秀，他们只说我是养牛地的，并没有具体说明是上寨还是下寨（他们或许也不知道养牛地有上下寨之分）。这时听董秀问起，我便告诉她我是上寨的。董秀说："我有一个堂姑嫁到你们养牛地上寨，不知道你认不认识？"我问她堂姑叫什么名字。她跟我讲了，我一听之下背后冷汗直冒。她说的堂姑，便是我的母亲，如此说来，她当真是我的表妹了！

我的脑壳嗡嗡作响，像有一台注塑机正在作业，一股黏稠的胶液注入了我的脑子里，令人眩晕。我一时难以接受，就问她，你是大马山的还是小马山的？她说是小马山的。我讷讷地说，听三弟讲，你是大马山的。董秀嫣然一笑，三弟可能记错了，他有个亲戚是大马山的，就以为我也是大马山的。我仍是不死心，语气低沉地问，那你……和嫁到养牛地的堂姑亲不亲？她说，很亲，我家和她家清明祭祖都在一起的。于是，我大约猜到是五代近亲。在我们那地方，族大分系，子大分家，清明祭祖以系划分，通常是五代近亲一个族系。

我知道近亲是不能结婚的，并不知道隔几代可以结婚。我们乡下还有一种"乱辈"的说法，"乱辈"不是乱伦，就是娶了有亲缘关系的女孩，会把辈分与称呼给搞乱，属于不合理亦不光彩的行为，会被别人当成笑话的。当我得知董秀是我的表妹，我想到了近亲不能结婚，又想到了"乱辈"的禁忌，心情便异常难过，像被马蜂蜇伤了嘴皮，连话都说不出来了。

因为夜黑，路灯昏暗，董秀并没有察觉我脸上神色异变，仍兀自高兴地说，以后我去堂姑家玩，正好可以去找你，我还没有去过堂姑家呢，听说她家住在江边，风景很好。她愈是这么说，我心里愈不是滋味，心想，你到堂姑家就是直接到我家了，还用得着去找我吗？

我很想告诉她，我就是她堂姑的儿子。但不知为何，却又不情愿，也不舍得说。倘若一说，我和她的爱情当然就变成了亲情，不可能再继续谈下去。我从未谈过恋爱，这是初次，而且对象是一位令我心仪的女孩，她对我也颇有意思，让我尝到了爱情的滋味与生命的乐趣，让我在打火机厂枯燥无味的生活中，体会到人生还是有美好事物存在的，如果突然中断这一切，让我重新回到一潭死水的生活，心里便有一万个舍不得。

爱情本来就是一件令人欲罢不能的事情，对一个十九岁少年而言，感情的需求大于一切。我于是抛开了伦理禁忌，只想着先谈谈恋爱，享受快乐，以后的事情以后再说吧，只要不结婚，不做出越轨的事情，谈谈恋爱有什么关系呢？所以，我很自私地将这个秘密隐藏起来。

二

同古仔和三弟谈女朋友，动机不纯，并不像我怀着浪漫主义，希望邂逅一场美妙的爱情。他们只想尝一尝女人的滋味，打发无聊的时光，让身体得到快活与满足。他们知道漂亮的女孩子是很难追到手的，因此不想费太多功夫，故意找了相貌平庸且不懂事，又是同乡的小姑娘下手。他们早就打定了主意，哪天离开打火机厂，就拍拍屁股走人，不再管身后事。也不能怪他们心怀不轨，当时整个打火机厂的风气败坏，被一股邪念裹挟着，他俩年轻不懂事，很容易就被这股歪风吹乱了心思。

此前已说过，打火机厂地处偏僻，穷山恶水，娱乐匮乏，那个巴掌大的小卖部，只不过是贩卖生活用品的地方，并不能打发漫长的无聊时光。人类虽然是高级动物，但毕竟逃不掉动物的本能，困在这样一个地方，身上的精力无处发泄，自然会生出一些邪念来。加之打火机厂没有任何企业文化，不说板报，就连一句精神象征的口号都没有。老板纯粹只是为了赚钱，用各种手段压榨工人，在福利方面极为苛刻。没有企业文化的工厂培养出来的员工，毫无疑问，是充满兽性的，也充满了奴性。工人没有信仰，也无精神寄托，时间一长，身体就会感到压抑，心灵也会扭曲起来。为了消遣枯燥乏味的生活，年轻人于是把追女孩当成一种娱乐，一种身体游戏，不管自己是否喜欢，先骗上床再说，越快越好，早点享受兽性的快感与刺激，让生活不那么困顿苦闷。他们从来没有想过社会的担当，也从未想过尽男人应尽的责任。

顺灵厂的宿舍和厂房是分开的，中间隔了一条马路。宿舍划分出四块区域：以饭堂为中心，左边是女宿舍，右边是男宿舍，往纵深处走则是夫妻房。夫妻房十来平方米一间，却要以凹型方位放三张床，住三对夫妻。有人开玩笑说，他们夜里会交换老婆，增加新鲜感；又说他们还会进行床上比赛……不过想住这样的夫妻房，那得要有结婚证才行，男女朋友关系，是不可能分到夫妻床位的。厂里几百号人，百分之八十都是年轻男女，在枯燥无味的环境下，年轻人谈恋爱自然会成为主流。男人谈恋爱，哪有不起邪念的，打火机厂坐落在郊区山坳，附近别说旅馆酒店，就连饭馆都没有一个，殡仪馆倒有，但谁也不敢往里面跑。想开房，只能去镇中心，但一到晚上就没有来往的车子，交通极为不方便。想去找出租房吧，也要走四五十分钟的路程，来回耗时间，极不利于上下班。何况出租楼就那么两三栋，房间早就被人租完了，想租也未必能租得上。在这样无奈的环境下，不知道谁起了头，就把女朋友带回男宿舍过夜了。

每间宿舍要住六七人，挤得满满的，夜里鼾声四起，遥相呼应。那些男的也真是大胆，去买个帘子，把铁床四周包围起来，就当成了自家的卧室，将女的搂到床上，不管三七二十一，先睡了再说。甚至有人到注塑车间捡几个装塑料的编织袋，用刀片割开，拿透明胶把编织袋粘到床铺上，严严实实地包裹住，像老家的鸡笼狗窝一样，也敢把女孩勾引进去。有人说，这种编织袋包裹的床铺比布帘要好，因为隔音。当然，我时常怀疑睡在里面的人会不会被闷死。

带女朋友回宿舍睡觉的男孩，基本睡上铺，上铺安全，免得旁人偷窥。当然，下铺还要睡人。上铺的情侣也不忌讳，有时动静太大了，下铺的人便用脚踢一下床板，开玩笑说，兄弟轻点，别让女朋友掉下来了。上铺的人也不在意，说翻身而已，有什么好大惊小怪的。宿舍的屋顶全部是铁皮盖的，没有任何隔音与隔热层，最痛苦的事情莫过于下雨，雨点砸在铁皮上，像敲铁皮鼓一样，极吵。然而，这些情侣最盼望的就是下雨天了，哗啦啦的雨声能盖住床上的动静，诚如古人说的"云雨之欢"。

后来有些男的胆子大了起来，竟敢公然跑到女宿舍睡觉。女宿舍也是六七人一间房，住的大多是未婚少女，一个男人走进去，当然是多有不便的。我真不知道这些男的哪来那么大的胆子，毫不避嫌，也不害臊，光明正大地把宿舍当成自己家。当然，任何事情，总会有第一个吃螃蟹的人，尤其是在房事上，男人发起狂来，有时比野兽还蛮横，哪里顾得上脸皮与尊严。

这种情况日渐泛滥，一发不可收拾，简直不分男女宿舍了。女宿舍我不是很清楚，男宿舍我是了如指掌，哪间男宿舍没有一对情侣同居反倒显得不正常了，说你这间宿舍的风水不好，连个女信号都没有，只能当"飞机舱"。我和同古仔、三弟同住一间宿舍，同古仔的上铺便是一个情侣窝，他跟我讲，夜里睡觉时上铺经常震动，摇摇欲坠，总是让他发春梦。我笑话他，说你名字取得好，叫春甫，自然要做春梦的。

傍晚下班，吃了晚饭，有些男员工吃饭快，眼见还有二十分钟的时间，就想借着这短暂的时间去洗澡，以免晚上下班洗澡人多，打不到热水（热水供应有限，只能满足三分之一的人洗热水澡）。这些人都是在宿舍的屋檐底下洗澡，他们不会脱光，穿一条三角裤，哼着歌儿洗洗搓搓，不亦乐乎。有些女孩寄居在男朋友宿舍，一般吃了晚饭就往男宿舍跑。她们真是大胆，男孩们搓着沐浴露，站在门口哗啦啦地泼水，她们毫不在意，当作没看见一样。有些男孩则夸张起来，好像跳舞一样，拍打着桶里的水，吸引女孩们注意。但没人敢说调侃的话，毕竟是别人的女朋友，怕莫名其妙挨打了。

我也经常在宿舍门口的屋檐下洗澡，看到女孩子来了，我会脸红，把身子背过去，蹲下来蜷缩着身子，不敢面对她们。那时打火机厂的宿舍区是单独区域，没有冲凉房，也没有厕所。冲凉只能跑到公厕里面，要穿过夫妻宿舍区域，往山里面走，得走几分钟才到。提着热水过去极不方便。何况晚饭后洗澡，因为还要加班，时间本来就紧，大家都是就近原则，在宿舍的铁檐下"急冲冲"算了。而且，在公厕洗澡并不舒服，因为臭，洗完了也不觉得身体干净。公厕的蹲坑常年无人冲洗，很脏，人不可能在蹲坑边上洗澡，只能站在过道边上洗。洗澡要脱个精光，站在过道被人一眼看光。有些人自卑，宁愿在宿舍门口解决，这样反而更好，可以光明正大地穿着三角裤洗澡。

女冲凉房也一样，要站在公厕的过道上赤裸裸地洗澡，所以流出了一些隐秘的内容，令男人们无比兴奋。这些内容显然不宜传播，但不知道是谁传出来的，也许是虚构的，也许是捕风捉影，经过加工之后，像神话故事一样在男人群中疯狂传开……

这种混居生活给未婚少女带来了极大的困扰，于是有人告到了厂里去。厂里先是贴出公告，禁止互相串宿舍，违者罚款三十元。又过了一阵子，厂长半夜带保安搞突击检查，扯开这道帘子发现是男女同居，扯开那个帘子发现也是男女同居。厂长是个保守的人，长头发或染头发的男生都不招，何况是这种伤风败俗之事。于是痛心疾首，将罚款由三十元涨到了一百元。有些人抱着侥幸心理，还真被罚了。一百块钱可以在外面租房一个月了，宿舍从此得以安宁。

三

半个多月后，董秀成了我的女朋友，落落大方地和我一起牵手走路。

现在回想起来，倒不是我有多么厉害，只不过当时占尽了天时地利人和。我们都是懵懂之年，她十八岁，我十九岁，年华青涩，对爱情皆有所憧憬，可谓天时；打火机厂在这样一个鸟不拉屎的地方，她也觉得日子乏味，我约她出来聊天散步，至少能带来新鲜感，可谓地利；人和则是同古仔和三弟以及他们的女朋友，不停地在边上帮我，替我说好话，硬是把她赶到我身边来了。

厂里许多男工对董秀也抱有幻想，得知她成了我的女朋友，不少人朝我投来羡慕嫉妒的目光。我尝到了恋爱的快乐与虚荣，但一想到她是我的表妹，心中又十分苦恼与黯然。我知道，这场恋爱终究不会太久，但那时我实在年轻，已经深陷下去，毫无理智可言，就像上瘾一样，明知不可为，却要贪恋与沉溺在两情相悦的美好之中。

十一月下旬，同古仔看到我和董秀已经产生感情，于是跟我商量，说晚上要在女孩子的出租房里过夜，问我敢不敢。三弟在一边起哄，说这么爽的事情，是个男人都想干呢！我以为他们开玩笑的，想想那间小黑屋，就两张一米二的床，两个女孩同睡一张床就已经够拥挤了，怎么可能还容得下我们三个男孩呢？我嘿嘿一笑说，好啊！同古仔说，那就这么说定了，到时你不要当缩头鳖。我仍是不相信他们会干出这种事情，自顾着点头。

九点钟，女孩们下班，同古仔让她们先回出租房洗澡，说待会我们会给她们送夜宵。一直挨到差不多十点钟，我们才买了夜宵，到小黑屋"聚餐"。吃罢夜宵，便已经十一点，从出租楼走回去，大步快走也要半个小时，厂里的宿舍十一点半关门熄灯，这时候走还来得及。可是同古仔和三弟却满不在意，依旧谈笑风生，拖延着时间。三弟见我神色着急，眼珠子一转，朝我抛来一个眼神，传递暗号。天啊，他们竟然真的要留在此处过夜！我看了看那两张床，三男四女挤在这样一间小黑屋聊天，女孩子要盘腿坐到床上，男孩子则坐在床边，才能勉强容得下。连坐的地方都不太够，怎能塞得下我们这么多身躯？难道要打地铺？已经是十一月下旬，天气渐冷，夜里要盖被子，哪来的东西打地铺呢？

我惶惑得紧，却又不能说什么。挨过半小时，听到同古仔坦然自若地说，厂门已经关了，我们现在已经回不去，今晚就在你们这里挤一晚上。四个女孩听完，都面面相觑，惊疑不定。同古仔和三弟二话不说，各自搂着女朋友，一副要相拥而睡的样子。同古仔在我们三人当中年纪最小，那时才十七岁，却当起了指挥官，发号施令，让三弟和他女朋友睡在挨墙的里面，他和女朋友睡在床外头，而我和董秀及余下的女孩则睡在另外一张床上，分头而睡。

同古仔布置完一切，不等女孩们反对，便伸手去关灯。黑暗一瞬间吞没了各人的脸，也吞噬了面面相觑的尴尬。我仍没有回过神来，愣在黑暗中，回想着这件不可思议的事情，觉得跟小时候过家家一样。只听得三弟假装用哆哆嗦嗦的声音说，天气好冷，挤在一起睡觉更暖和。同古仔说你不要动来动去，把我挤下床了。三弟说，你自己要掉下床，关我屁事。同古仔说，你不挤，我怎么会掉下床，喂，不要用力扯被子，我盖不住啦！三弟说，盖不住有什么关系，反正都是穿衣服睡觉的，冷不死。同古仔说，谁说我穿衣服睡觉，我把裤子脱了。三弟说，真的假的，我摸一下看看。同古仔说，别乱摸，摸到我女朋友的脚，小心我踢死你……

不得不佩服这两个家伙，也许他们早就设计好这样的台词了，这时就像唱戏一样说出来，黑暗中虽然看不到他们的表演，但听他们这样瞎扯，令人忍不住想笑。女孩们果然被逗得笑起来，笑声能缓解情绪，这事情竟然就这样落实了。

我知道董秀不乐意也不愿意我们三个男孩挤在她们的小黑屋过夜，这像什么话呢！这栋出租楼住着不少厂里的员工，而且有不少是同乡，传出去于她们的名声有损。但她也知道这时让我们回宿舍，肯定是进不去了，厂里管得极严，用死规定来压人，是不可能开门的，抓到了还要被罚款。工厂附近又没有地方可去，总不能让我们在外面流浪挨冻吧。实在没有别的办法，她只得跟我睡在一张床上。那一个落单的女孩子，天天跟我们混吃混喝，吃人的嘴短，她也不好说什么，只能乖乖就范，睡在床的那头。床小，被子也短，三人共一张被子，不可能完全盖住，因此我只能和衣而睡。董秀怕我乱来，也只是脱了外套，穿着毛衣入睡。

床铺实在是太小了，睡在里边的人倒不担心会掉下去，但要紧紧地挨着墙，像锅贴一样，难以翻身；睡在外头的人勉强容得下身子，但往外翻身就要摔下去。我只得紧紧地挨着董秀。董秀侧过身子，在我耳边轻声说，你不要碰我，知道吗，一定不能碰我！她说话声音很小，像蚊鸣一样细不可闻，但我能听出语气中包含着焦心与忧虑。她一定是怀疑我和同古仔、三弟串通好了，晚上要对她们下手，因此央求我。我当时想都没想，轻声说，放心吧，我保证不动你。她很高兴，握着我的手，悄声说，我知道你不像他们那样坏。

这么多人挤在小黑屋，虽然淹没在黑暗中，但氛围仍是怪异。幸好天冷，空气不沉闷。大家都睡不着，于是又开始聊天说笑，以此打破尴尬。我很想看看董秀的表情，但房间没有窗户，黑乎乎的，伸手不见五指。尽管门口上面有透气口，但走廊里的灯光本来就昏暗，漏进来的灯光微弱无力，根本起不了作用。我只能幻想此时此刻的场景：一个秀气的姑娘睡在我的身边，睁大眼睛看着我，眼神里又是吃惊又是害怕吧？说不定也有一些欢喜与心动。这么一想，倒也惴惴自喜，于是转了个身子，朝里面侧着睡。董秀也是侧着睡，我与她面对面，虽然黑暗中看不到人，但是我知道她近在咫尺，她的呼吸就打在我的脸上，吹气如兰，幽幽不散，令我心神荡漾。我咽了咽口水，想把嘴巴凑近一点，可是董秀却转了个身，正面躺着，故意把头扭向一边。她定然是怕我对她做出非礼的事情。我挨着她，感受到她怦怦的心跳，还有微微颤抖的身子，更令我心猿意马。她在黑暗中找到了我的手，紧紧地抓着，告诫我不要乱动。

毕竟是熟人，虽然我们做出了这种匪夷所思的举动，但经过聊天说笑，大家都慢慢地褪去了尴尬与不安，反倒多出了一些新鲜感。那时我们年纪都很小，就我年龄最大，也才十九岁，而其余的姑娘都是十七八岁。谁也料不到会有这样的事情发生，像正在经历一个奇幻的梦，有趣得紧。

一直聊到了两点多钟，大家渐渐疲困，进入了梦乡。我睡得很不安稳，浑浑噩噩的，总担心会摔下床。不知过了多久，我醒来时，发现半个身子都搭在了董秀的身上，手也放在了她的右肩膀上，相当于搂着她睡觉。但一想到她是我的表妹，心里又万分地难过。这种忽喜忽忧的情绪，反倒把身体那股蠢蠢欲动给压了下去。我不敢做出过分的举动，就这么静静地搂着她，让自己的脸挨着她，轻轻地嗅着她身上散发出来的少女芳香。

正沉溺于幸福时刻，突然，床底下的闹钟响了。声音不大，嘟嘟地叫着，像一只藏在床底下的小虫儿。房间太窄，没有桌子，电子钟放在床底下的行李箱上面。我打开房间的灯，找到了电子钟，将闹钟的开关按下去，顺便看了一下时间，六点四十分，我们还要赶回宿舍洗漱，得赶紧动身起床。

因为和衣而睡，起床倒也不费事，我一边穿鞋一边催促同古仔和三弟。女孩们大约也都醒了，但为了避免尴尬，都还假装在睡,并不出声。

我们一起溜出小黑屋,也不跟女孩们说告别的话,像做贼一样,径直下楼。回厂的路上,同古仔和三弟兴奋地说起昨晚的经历,顿时令我目瞪口呆。原来,他们昨晚真的对女孩子下手了。因为睡的床实在小,他们正好有借口将身子压在女孩子的身上,并把手伸到衣服里面又摸又撩的。女朋友都害怕,却又不敢出声,也不敢用力反抗,怕弄出声响来。没多久,她们就被捏得又软又酥,失去了防守。后来,他们竟然脱下裤子,也开始扒女孩的裤子。两个女孩子吓得厉害,幸好她们也是和衣而睡,而且天冷,还穿了秋裤,很难扒下来。两人也不敢强来,折腾了半天,只是在她们身上弄了一身脏东西,并没有得逞。不过,两人很是得意,说该亲的也亲了,该摸的也摸了,今晚再过来,就能将她们干掉。同古仔又说,晚上我得把被子拿过来,省得扯来扯去的,做不成事情。

我断然想不到,他俩年纪轻轻的,竟然坏到了这个地步。也难以想象,他们昨晚四人睡一张小床盖一条被子,怎么能做出这种荒诞的事情,难道不觉得害臊吗?他们问我昨晚有没有对董秀下手,我摇头说什么也没做。

听他们这样说,今晚还想到小黑屋过夜,我内心有些挣扎。虽然我也想搂着董秀睡觉,也迷恋那种美妙感觉,但是三男四女挤在这样一间小黑屋,传出去别人会怎么想?将来这些女孩子怎么抬头做人?毕竟厂里有很多同乡,一旦传开了，肯定有人说闲话，说不定会传到她们父母的耳中。任何一个有羞耻心的人，都会对后果怀着畏惧。何况董秀是我的表妹，有朝一日她知道内情，会怎么看待并面对我？

但是同古仔和三弟却没有想那么多，他们欲火燃心，只想着早点把事情办了，才不管女孩子的声誉。看他们那兴奋的样子，就像两头发春的公牛，估计十条缰绳也拉不住了。

四

我们的举动果然引起了同乡们的注意。三男四女同住一间小屋，比男孩带女孩回宿舍睡觉还要令人惊骇。曾有不少男工追过董秀，因未得手，不免起了嫉妒之心，要抹黑她的形象。工友们口口相传，当成了笑话看待。同古仔和三弟也不害臊，竟然引以为豪，大肆吹牛。我并不像同古仔和三弟，把这件事情当成吹牛的资本。这么多人窝在小黑屋过夜，跟动物群居一样，害臊都来不及，有什么好炫耀的呢？但同古仔和三弟却认为干了一件十分了不得的事情，超越了厂里任何人的泡妞成就，有一种"前无古人后无来者"的骄傲。他们侃侃而谈的样子，实在是令我感到汗颜，只能沉默以对。

幸而没过多久，迎来了十二月份，我们从白班转为了夜班，和女孩们的工作时间岔开了。因为夜班辛苦，女孩子白天又不在出租屋，我们也懒得花四五十分钟走路到小黑屋睡觉。于是各自抱回了被子，又重回宿舍安营扎寨。

同古仔和三弟商量，待到元旦之后，我们转入白班，再一起去小黑屋和四个女孩同居。我对这个约定感到惶恐，毕竟我也是个血气方刚的青年，有着身体和心理上的需求，而且我确实喜欢董秀，董秀也喜欢我，两人经过同床共枕之后，愈发地柔情蜜意，我担心这样下去，两人的身体会情不自禁碰出火花，以后她知道我是她的表哥，那要怎么收尾？

幸好计划不如变化快，这件事情很快就画上了句号。谁也没料到，十二月中旬，同古仔和三弟会突然提交辞工申请书。

此二人是赌徒，每月发工资，都会将一半工资用在赌博上。打火机厂地方偏僻，生活乏味，聚众赌博自然是热门的娱乐，每到发工资时，宿舍里面就有许多人玩三公和斗牛，杀得天昏地暗。同古仔和三弟经常联手坐庄，被工友们称为"二庄主"。他俩突然离职，是想到了这个时节，乡下农活已经忙完了，清闲的人们也开始聚众赌博，每天都有场子，不像打火机厂只有发工资那几天才有场。同古仔和三弟要回老家碰碰运气，看能不能发一笔横财。

对于二人辞职的事情，我并不劝说。我和他们不是同类人，他们喜欢赌钱、打台球、泡妞，甚至有时候会做点顺手牵羊的事情，有一些流氓痞性。而我喜欢看书，闲时写一点东西，爱好完全不一样。何况我打心底不喜欢三弟，虽然一起经历了交女朋友、住女生宿舍的事件，但我仍不能改变对他的看法，他的小气与喜欢贪便宜让我一直不屑为伍。所以，他们要离开也正合我的心意，等下月转白班之后，我就不用钻到小黑屋进行三男四女同居之事了。要是他们不走，以他们的性格，当然不可能就此罢休。尽管我也迷恋与董秀相拥而睡，但我害怕终究有一天会酿下大祸。同居多天之后，董秀对我的感情日渐深厚，尽管我俩没有做出越轨之事，但是睡觉时，我把半个身子搭在她身上，搂着她睡。我很害怕，但害怕中却又藏着无穷无尽的神秘力量与刺激感觉，让我欲罢不能。我正在往一个深渊走去，如果不及时回头，将会万劫不复。

同古仔和三弟离去，正是我的解脱之时。所以，他们递交辞工书的时候，我不仅没有劝说，反而火上浇油，祝他们回去通杀四方。

元旦那天，厂里发工资，因为临近过年，订单很多，并不放假。同古仔和三弟拿了工资，匆匆地收拾行李，一走了之。走的时候，竟然没有和他们的女朋友告别。

我转成了白班，和董秀上班的时间有了交集。跟初次见面那样，我每天晚上约董秀一起去吃夜宵。其余三个女孩，倒也很识趣，并没有来当电灯泡。同古仔和三弟的女朋友失身被甩，又流出各种不好听的闲话，心情极其低落。她们问过我，同古仔和三弟走的时候，有没有留下什么话，明年他们还会不会来打火机厂？我说他们只顾着回去赌钱了，什么话也没有留下，也不知道他们明年的计划。她们黯淡的脸上，写满了苦楚又无可奈何的神色。

吃完夜宵，我依旧沿着西江护送董秀回去。我牵着她的手，或搂着她的肩膀，跟情侣无异。天气冷，江风大，董秀的秀发被风撩起来，不时打在我的脸上，千丝百绕，渐渐地在我心里织成了结。董秀说，我没有看走眼，你和同古仔他们不是一路人，你对我是真心的。我心想，假如有一天，你发现了我是你的表哥，就知道我跟他们一样，其实都是欺骗感情的负心汉。

我知道欺骗一个女孩的感情是可耻的，何况她还是我的表妹。可是没办法，我的生命中第一次遇到这样美好的事情，我如何能舍得放手？在没有遇到董秀之前，我的人生过得一片苦闷。那漫长的七年病痛，贯穿了我的童年与少年时期，我从小就对生活充满绝望与痛恨。十八岁那年，我满怀期待，跟着寨里人出来打工，想靠打工改变命运。可没想到踏入这个偏僻之地，在普惠厂受了许多苦。以为转到顺灵厂命运就会有所转变，但一切都没有变化，生活跟普惠厂并无差别，每天仍是上十二个小时的班，在充满刺鼻塑胶味和飘浮着塑料粉尘的车间，昼夜不分地干活，一刻也不能停歇，像个奴隶一样。工资也不高，扣掉食宿费，一个月工资也就六七百块钱。这一点钱能做什么？我在注塑车间待了一年多，黑白颠倒的工作与毫无规律的饮食，让我的身体难以适应，旧病时常犯，经常要买风湿药吃或者去医院打针，治病又花掉了大半的钱。命运的黑暗一直笼罩着我的人生，让我喘不过气来……

直到董秀的出现，爱情的光芒照亮了我灰暗的心灵，让我感觉人活着还是有一丝乐趣可言的。所以，我明知她是我的表妹，情理上不可能在一起，却无法在热恋之时突然中断与她的爱情。

明知不可为，但我仍要倔强地恋着她。

二〇〇四年的春节来得比较早，是元月二十二日，但立春却是在二月份，而大寒正好是除夕之夜。临近过年那几天，天气极冷，北风顺着西江滚滚扑来，浪花掀起一米多高，拍在岸堤上，哗哗的水声在山坳里回荡，时间在这反复重叠的水声中悄然流逝。山上的松树和高山榕虽然常年翠绿，却也被北风吹出了苍白的颜色，看上去一片萧瑟。国道上的大客车多了起来，还有成群结队的铁骑，如同候鸟回归，冒着严寒往梧州的方向掠去。

元月十五日，打火机厂放年假。县城的同乡多，有人提出包车回去，省得去梧州转车。我和董秀都报了名。包车的人却耍了心眼，没给我们包一辆大巴，而是搞了一辆公交车过来。公交车不敢大摇大摆上路，故意等到凌晨四点钟才出发。从江口镇到县城老家，也就两百多公里，公交车的速度极慢，只开到四五十码。车上没有暖气，车门的密封性差，一直漏风。而且车上全是塑料硬凳子，边上又是铁扶手，坐在上面冷得要命，脚底板冻得像结霜的豆腐，一点温度都没有，踩几下，仿佛要裂开一样。大家都咒骂着包车的人黑心。包车的人却理直气壮，说过年车子紧张，能包到一辆公交车回去都不错了。

我和董秀相依而坐。我知道她冷，便紧紧地搂着她，恨不得把自己体内最炽热的温度传给她。我俩的脸颊紧紧地贴在一起，她的脸蛋起初一片冰凉，后来厮磨了一阵，才渐渐热乎起来。所有人都冷得打哆嗦，没有人睡得着，大家都叽叽喳喳聊天，以此抵抗冷气的入侵。车厢的灯没有打开，大约是怕路上交警查车，车厢内黑咕隆咚的，像一口黑箱子。有人实在冷得受不了，就抽起烟来，烟味闷在车厢里面极难闻，晕车的人更加受不了，有人打开窗户透气，寒风像刀子一样灌进来，鬼哭狼嚎，大家都骂了起来，骂声中夹着呕吐的声音。

我和董秀不说话，我搂着她，让她依偎在我的怀里，我的下巴枕在她的头上，嗅着她秀发的清香味儿。我看着窗外，外面仿佛罩着一层黑布，冷风呼啸而过，把黑布扯得哗啦啦作响。车子摇摇晃晃的，发动机的引擎声巨大，像火车咆哮般，我很担心会熄火。车玻璃上传来滴答声，像被冻得裂开的声音。我知道外面下雨了，但无法看到雨滴打在玻璃上的样子。直到车子行驶到一些有路灯的路段，昏暗的灯光撕开冰冷的夜色，才能看到外面的场景，只见树木肃立，细雨中弥漫着寒气，夜色一片苍茫，地面上光溜溜的，不知道是不是结了冰。

到了七点钟，天空才渐渐苏醒。公路两边的景物褪去了夜色，被晨光还原，像从梦中回到了现实。因为掺混着苍茫的寒气，看上去不像是早晨，倒像是夜幕降临的时分。我低头看着斜躺在怀中的董秀，竟然睡着了，天气虽冷，也许是因为躺在我怀里，她睡得香甜。她脖子上系着一条淡紫色的丝巾，正是我和她第一次相见时系的那一条，上面绣着绿色的小花。我一时无聊，就一朵一朵地默数着。

回到县城，已是上午十点多钟。县城也在下雨，但那雨并不是一直下，而是一阵狂风吹来，就落下一片雨。天阴沉沉的，乌云就像一块浸湿的灰布蒙在空中，北风猛地吹过来，雨滴就像筛豆子一样噼里啪啦地落下来。急风急雨，稀稀疏疏的并不紧密，但有几滴落在身上，立即让人全身起鸡皮疙瘩。

车子没办法进站，就在县城的广场边上停下来。一年没有回家，我们都像守卫边疆的士兵，纷纷拎着行李下车，想早点回去见到自己的父母。

我帮董秀拦了一辆三轮摩托车，并付了车费。那时县城还没有出租汽车，都是用三轮摩托车，在车厢上安装一个铁皮棚，既可以拉货又可以载客。我帮董秀将行李放上去，扶她坐进车厢。她坐在车厢口，哈了一口暖气捧在手心，一边搓手一边对我说："天气冷，你也早点回去吧，过不了多久我们就见面了，我会去堂姑家拜年，到时顺便去找你。"说完，她俏皮地在我的胸口打了一拳。因为我挨车厢太近了，她想把我推开，让我早点回去。她这一拳打得很轻，更像是情侣间的嗲情，但是我的心口，却比用大锤子猛地一砸还难受，疼得我几乎透不过气来。

我知道那一天迟早会来临，这是我的宿命，冥冥之中早已注定了，怎么也逃不掉的。我一时不知道说什么好，只是愣愣地看着她，想把此刻分别的忧伤与美好，全部铭记在心里。北风掠过天空，雨滴又稀稀疏疏地落了下来，打在我身上，却浑不觉冷。

三轮摩托车发动引擎，沿着街边缓缓地开了出去。董秀依旧坐在车厢口，一边朝我挥手告别，一边冲着我笑。她笑得很开心，脸上带着十八岁少女的柔情与烂漫，寒风中，像一朵盛开的桃花。

小记：大年初一，董秀打电话给我拜年，准备找时间到我家里玩。我知道躲不过，主动约她到县城见面，向她坦白我就是她堂姑的儿子。起初她以为我开玩笑，当我说到舅舅家里的情况，十分翔实，她才相信我和她是表兄妹关系。

　　男朋友突然变成了表哥，对她来说是难以接受的，当场就哭了起来，怨恨我欺骗她的感情。交往之初，若是我向她说明亲缘关系，她不可能爱上我，就不会有失恋的痛苦。我不知道如何解释，也不知道怎么表达自己的感情，当时心中塞满了内疚与煎熬。

　　分别之后，董秀再也没有联系我。她没有手机，家里虽然装了电话，可我不好意思打电话去找她。过完年，董秀没有回打火机厂上班，大约是受伤太深，她不想再见到我。

　　我们再也没有联系。有一年我到舅舅家里拜年，突然很想打听一下她的情况，可是最终还是忍住了。对她的愧疚之情，这么多年来我不曾忘记过。

第四章

一

　　二○○四年五一劳动节，我离开顺灵厂，跟一名叫黄长运的湖南仔南下东莞。

　　黄长运到东莞并不是想正经地找工作，而是去投奔一帮混社会的老乡，要在那儿游手好闲。但他瞒住了我，冠冕堂皇地说要带我到东莞进大工厂，好吃好玩工资又高，而且厂里几乎都是美女，随便找三五个女朋友不在话下。他的豪言壮语勾起了我对东莞最美好的想象，也唤醒了我对未来最辽阔的憧憬。我于是丢掉了一个月的工资，义无反顾地跟他一起逃离那个令人压抑的江口小镇。

　　我和黄长运是在顺灵厂认识的，他比我大两岁，个子不高，脸是桃子脸，五官还算端正，只是笑起来时满脸的皱纹，一点也不像年轻人。偏偏他又是个爱笑的人，讲几句话就莫名其妙地笑起来，让人摸不着头脑。我俩都在注塑车间上班，开同一台机器，关系要好。打火机厂工作苦，工资低，伙食差，日子过得苦闷。黄长运是二○○四年二月中旬进厂的，干了两个多月，受不了苦，决定去东莞，并说带我去见世面。我一直等着有人带我脱离苦海，到大城市扎根奋斗，终于迎来了这样的时刻，我激动得紧紧地握住他的手，像抓住一根救命稻草。

五一节上午，我俩领到了三月份的工资（因为无法正常辞工，只能自离，因此四月份的工资只好放弃），吃过午饭，就在国道边上拦了一辆南下东莞的班车。我记得那天的天气实在是太好了，好得无可挑剔，阳光没有一点掺假，亮堂堂的，让人心神旷达。时光可以让炫目的荣耀褪色，但阳光不会，即使穿过十几年的光阴，此刻回忆起来，那天的阳光也耀眼得如同闪电，照亮了当时我因为激动而有些变形的稚嫩的脸。

我们抵达东莞的大岭山镇，已是黄昏。大巴没有进站，就在广场边上停车落客。一下车，黄长运就拖着我进广场玩。大岭山在东莞三十二个镇街里面排名是比较靠后的，当时还没有展现出城市的规模。但对一个没有到过大城市的人而言，那些密集的楼房和四处散落的工厂，以及宽大的广场和几十米高的喷泉，足以令我感到身心愉悦。因为劳动节放假，广场一带人潮汹涌。放眼望去，黑压压的人群像乌云的影子在大地上晃动，让人忍不住想抬头望一眼天空，是不是真有乌云落到地面来。天空倒是很清静，连鸟儿都没有，只有灰白相间的云朵和偏西的太阳。金色的晚霞落在边上的大王椰树上，看上去很像油画。

在广场逛了一圈，让我领略到这个城市的人潮熙攘之后，黄长运就带我去找他寨里的兄弟。黄长运以前在大岭山待过两年，熟悉广场周边的一切，他寨里有一帮人在这儿混社会，也就是传说中的烂仔。这帮人有一个据点，在一个旧村的入口处，那里有一个村委的露天篮球场，边上有一家小卖部，摆了几张台球桌。一伙人在那里打台球。

这帮人的老大姓黎，绰号黎疤，因为额头上有一道刀疤。黎疤个子高，清瘦，剪着短发，看上去很斯文，笑起来也和蔼可亲，并不像出来混的。那些小弟则留着长发，染成各种颜色，手臂或脖子上还有文身，跟香港的古惑仔一个模样。黎疤身边有一个女孩，个子高挑，相貌可人，就是胸脯不够丰满。当时已是初夏，南方天气闷热，女孩穿着单薄的吊带，头发耷拉着贴在胸前。

我开始并不知道这帮人是在外面鬼混的，以为他们在工厂上班或在发廊当理发师，放假出来玩。黄长运跟这帮人打闹嬉笑，问他们怎么不去溜冰。他们说刚从那边回来，现在是吃饭时间，溜冰场人少，晚点再去。黄长运顺便把我介绍给他们，但他们只是看了我一眼，并没有显出热情的样子。我被晾在一边，一时无聊，就找那个女孩搭讪。聊了几句，把她逗得发笑。黄长运走过来在我耳边说，你敢泡老大的马子，小心砍死你。我才隐约察觉，这帮人是混社会的。

聊了不久，夜幕降临，霓虹灯渗透了城市的喧嚣，四处仍是人影绰绰，似乎每一寸土地都有人在上面走动。空气中弥漫着油烟味、炒菜的香味，那是路边的夜宵摊释放出来的暗号。这帮人说要给我们接风洗尘，带我们去吃饭。黄长运把我扯到一边，让我把钱借给他，待会儿他要抢着买单，怕钱不够。我没有一丝怀疑与犹豫，把身上的六百块整钱给了他，自己只留了几十块零钱。

我们在边上一家大排档吃饭，喝起了啤酒。这些人酒量很好，直接吹瓶子。我入乡随俗，也拿着瓶子吹。一瓶啤酒下肚，才跟他们混了个脸熟。饭后，黄长运带着我，跟着他们去溜冰场玩，说是让我好好放松一下。

就这样，我稀里糊涂地跟这帮人厮混在一起。

二

我与这帮人相处的时间并不长，屈指算来只有十几天。但对于我这种没见过世面的人而言，哪怕只跟他们待过一天，一辈子也难以忘记。

这帮人的主要工作是帮一个叫"老爷"的人收高利贷，顺便做一些小偷小摸的勾当。此外，大部分时间都四处晃悠与泡妞，过着一种游手好闲的街痞子生活。

"老爷"姓叶，因为粤语中"老叶"和"老爷"谐音，后来就称之为"老爷"了。他是本地人，职务是某村委的治安队队长，个子矮，人偏瘦，头发稀疏，脸上的皮肤像粗砂纸，坑坑洼洼的。他很少笑，因为笑起来会露出一口参差不齐的黑烟牙。如果不是穿着一身治安服，"老爷"跟我们老家那些面朝黄土背朝天的农民毫无区别。

那时东莞的治安管理和日常巡逻的主力还是治安队，治安队的权力与势力都很大。东莞转型为工业城市，很多本土剩余劳动力，这些人以前都是农民，头脑简单四肢发达，既无文化也没技术，却又拉不下面子到工厂当打工仔，为了混口饭吃，就到村委会当治安仔。他们素质普遍不高，没有什么家国情怀与人生追求，但却占了地理上与心理上的优势——他们既是有根系的地头蛇，也是手握权力的强龙。因此，他们打心底瞧不起外来的务工人员，对弱势群体毫无同情心，甚至会排斥和欺负外地人。当年的东莞治安差，治安队名声臭，也与此有关。后来国家扫黑除恶，东莞也大力整顿和自我提升，完善了各项政策，这种现象才得以清除，东莞一跃成为全国的文明城市，让外来者感受到和谐共融的美好。

我初到大岭山时正是东莞的工业蓬勃发展时期，大量外来人口涌进来，加上治安人员的良莠不齐，让这座城市变得喧嚣不已。我跟着黎疤团伙居住在旧村里面，旧村的名字我已经记不起来，毕竟离开十几年，只记得四周都是工业园，还有一些正在修建的工厂。本地的村民早已搬到新村居住，旧村房子全部改建成了出租房，租给外来务工者。旧村人流量大，鱼龙混杂，像黎疤这样的团伙很多，他们都是社会的污垢。

"老爷"所在的治安队，就管辖这片旧村。旧村有一处地下赌场，因为有治安队当保护伞，安全可靠，来赌钱的人很多。"老爷"在赌场里面放贷，有些钱放出去未必能收得回，他不可能叫治安队去收债，就交给黎疤的团伙。

我跟黎疤去收过三个人的债。一个是包子铺的老板，这人经不起恫吓，只去了两次，钱就收回来了。一个是发廊的老板娘，四十出头，风韵犹存。老板娘很嚣张，说老娘都跟他睡了这么多次，他好意思要钱，信不信我到他老婆那里对质？因为"老爷"有把柄在她手上，黎疤也不敢乱来，只是时不时带人去她店里纠缠一番，给她的生意和个人精神造成影响，跟她磨耐心。最难缠的还是一个本地赌棍。赌棍有一家私人诊所，原本家庭幸福，后来染上了赌瘾，输得一塌糊涂，却又死性不改。"老爷"看赌棍是本地人，又有私人诊所，才一而再再而三地借贷给他，差不多借了二十万。那时的二十万，在东莞可以购买一套很好的房子了。后来一查，发现赌棍半年前就与老婆离婚，房子车子孩子还有那个赚钱的诊所都归了老婆，赌棍名下只有一处宅基地。这把"老爷"气得要吐血。那段时间，黎疤带着我们隔三岔五去逼赌棍卖宅基地还钱（可见赌博的危害极大，一旦上瘾就会让人倾家荡产，这玩意真的是不能沾）。

收债很简单，不存在任何技术难题，只需按照"老爷"提供的地址人名，上门恐吓催债。我当时夹在这群烂仔中，扛着一根铁棍，像他们一样凶着脸，敲着桌子或墙壁，杀气腾腾，感觉很是新鲜。我记得当时还学他们嘴里叼着劣质香烟，一副目中无人的样子。收债的活儿并不是天天有，一个月有几单就不错了，所以这帮人大部分时间都很清闲，泡妞、打牌、打台球、溜冰、蹦迪，或者去干些小偷小摸的勾当。收高利贷赚到的钱，黎疤并不给小弟们发提成，他只用来对付房租水电，提供住宿的地方，其余概不负责，连吃饭都得自己掏腰包。想要创收，那就各凭本事了，坑蒙拐骗也好，拦路抢劫也罢，帮人家看场子动刀子也行，反正是"各显神通"，黎疤不管。

这帮人的窝点在旧村一条老巷子深处，巷子被新建的出租楼房压迫，窄的地方连人力三轮车都进不去，因此房租特别便宜。巷子走到底，全是一些二十世纪八十年代建的老房子，有很多红砖瓦房。我们居住的老房子带着一个小院落，院子里面种着几棵荔枝树，带来苍翠的同时，也带来掩藏在岁月深处的寂寥与安详。

老房子有两层半，实用面积很小，一楼是一室一厅加上一个厨房和卫生间。二楼的格局一样，只是厨房改成了冲凉房。三楼是半层，只有两间房，被黎疤和女朋友占去了。我和黄长运以及另外五个小弟居住在二楼。房间摆有两张床，睡不下几个人，我和黄长运就在客厅打地铺。天气闷热，打地铺比住在小房间要舒服些。

一楼客厅放了一张麻将桌，边上堆着凌乱的凳子和破旧沙发，上面落满了灰尘和蜘蛛网，老鼠出没，从来没人打扫。厨房也落满了灰尘，锅盆早就生锈，因为缺少油烟，连蟑螂都不光顾，一看就是几百年没有做过饭的。这么多大男人睡在一起，又都是些游手好闲之辈，素质低下，脏乱是不可避免的。不过，一楼那间卧室倒是打扫得出奇的干净，里面放了一张木床，还带着床垫。这间卧室被称为新郎房，一帮小弟，谁要是泡了妞带回来过夜，就睡在此屋，可以省去开房钱。此外，平时谁也不能往里住的。黄长运最大的愿望就是天天睡到这间新郎房里。

这帮人泡妞，基本上是在溜冰场和迪厅里面。旧村边上有一个综合市场，极大，铁皮房连成一片。市场划分出衣食住行几大区域，中间有一个溜冰场，用栏杆和铁丝网围起来，看上去像电影里面那些格斗的铁笼子。溜冰场很大，中间有一个圆形大舞台，供人蹦迪。舞台上空斜吊着几个床头柜般大的音响，一到夜里，溜冰场灯光闪烁，令人颤抖的音乐从舞台劈头盖脸地打下来，震得里面的人心跳剧烈，一个个神鬼附体，脚步凌乱。

在溜冰场里溜冰，可以免费到舞台上蹦迪，因此溜冰场的生意极好。溜冰场的老板也是湖南人，和黎疤是朋友，要是有人敢在里面闹事，黎疤就会带兄弟出马摆平。因为有这层关系，我们可以免费进去溜冰和蹦迪。当然，这帮人并不是单纯地进去玩耍，主要是在人群中当扒手，顺便泡妞。

我很少溜冰，摔了几次后，疼得厉害，就不想溜了。而蹦迪我也不喜欢，我没有跳舞的天赋，感觉扭屁股甩脑壳傻不拉叽的，活像个二百五。而且舞台上人太多了，一不小心就被人踩了脚。

那时五一节放假三天，加上周六周日，共有五天长假，跟国庆节一样。这么多工厂同时放假，可想而知人流量有多大。那几天，到处都是人，像洪水般从四处涌出来。

当时手机是奢侈品，机身贵，话费也贵，一般打工仔用不起，而且功能还仅是打电话和发信息，不像现在一部手机能搞定一切，手握手机可以窝在宿舍几天不出门。街头网吧倒是普及了，但会玩电脑的人也是少数，而且上网费贵得要命，一般人不敢进去。工厂宿舍也没有电视看，所以一放假，缺乏娱乐活动的工人们只能涌出来，四处瞎逛打发时间。

广场、商店、步行街、综合市场这种地方，像蓄水的池塘，全部聚满了人，仿佛全世界的人都集中到这些地方来了。放眼望去，全是人影，让人感到自身的渺小与平庸，产生一种惶恐感，甚至绝望感。芸芸众生像大千世界里的粒粒微尘，随风飘浮，无所归依。你会有一种感慨，这么多在工厂打工的人，就算最初怀抱着美好的梦想而来，也很快被平凡的人群淹没，唯余一种无力感。

巨大的人流，让溜冰场每天都爆满，里面人多，外面围观的人也多，他们趴在栏杆上，透过铁丝网观看里面溜冰和蹦迪的人潮，就像外国人观看斗牛一样。放眼望去，到处都是人挤人的场景，我最初感觉很壮观，很惊奇，很激动，也很想成为他们中的一员。但是过了两天，便觉得乏味不堪了——人太多了，走路都不方便，如果一个人的影子有生命，早就被踩死无数次了。我心里好奇，站在栏杆边观看别人溜冰或蹦迪，有什么乐趣呢？他们为何看得如此津津有味而不愿离去呢？就算进去玩耍，也不过是穿着带轮子的鞋在那片地方溜来滑去，像鱼儿在拥挤的鱼缸里游来游去一样，还要提防摔倒或被人撞伤。蹦迪更加无趣了，蹦迪的人们像恶鬼上身，浑身抖动，披头散发，简直就是出洋相。我真搞不懂，黎疤手下的小弟们天天去溜冰和蹦迪，不觉得烦腻吗？

五一节长假，工厂不上班，找工作也是白找，黄长运让我趁着节假日，好好放松一下。在打火机厂上班一年多，那种劳累的工作，苦闷的生活，无聊的时光，令人心神压抑，终于离开小镇跑到东莞，就像穿过阴冷潮湿的树林重见天日，我当然愿意在阳光下多晒几天。当时，东莞遍地的工厂给了我一个虚假的印象，让我对找工作的事情并不上心，以为随时都可以进厂工作。那些天，除了偶尔跟着黎疤的团伙扛着铁棍出去收债，其余的时间我都在综合市场打转，领略这座城市的景致。

综合市场除了菜摊肉档，饭馆衣店，还有电影院、网吧、影碟店、卡拉 OK 厅、游戏厅等娱乐场所。市场的大门处，经常有一辆货车停在那里，上面拉的不是货，而是一帮少女。车上的喇叭放着迪斯科音乐，少女们穿着颜色鲜艳的比基尼，挥着彩条，疯狂地扭动着腰肢，并朝过往的人群抛媚眼。货车的车厢四周挂着横幅，上面写着"五块钱看脱衣舞"的字样。我喜欢站在车边上围观。有一次，一个少女咬着嘴唇眨着眼睛，朝我做了个勾手指头的动作，然后把手指放到嘴里吮吸着，像吃棒棒糖一样，极是诱惑。许多年过去了，我仍记得那个少女的神情，她那陶醉的样子，如同看到心上人从远方归来。而我固执地认为，那一刻也许我就是她的心上人。

跳脱衣舞的场子也在市场里面，离溜冰场不远。门口有人拿着喇叭筒招揽生意，大声地吆喝着"五块钱看脱衣舞啦，只要五块钱就能看美女的身体"！许多人纷纷买票进去。我没见过世面，不免有龌龊的想法，有一次想拉黄长运进去沾点春色，但是黄长运却不屑地说，一点也不好看，人多得要命，只能站在后面，啥都看不到，还不如去看电影。

黄长运带我去看电影。并不是什么正规的电影院——那时也没有什么大的电影院，都是私人或社区影院。社区影院正规些，采用大屏幕播放，画质清晰。私人影院就简陋了，直接用投影投放出来，像一个大型的录像厅。私人影院空气沉闷，弥漫着一股发霉的味道，还有一股尿臊味和食物的馊味，时不时有跳蚤臭虫之类的可疑虫子爬上身叮咬。看电影收费不贵，看一场只要三块钱，两个人则五块钱。晚上十点半之后，三块钱便可以在里面过夜。很多找工作的人为了节约生活成本，都喜欢跑到里面过夜，这给我后面找工作带来了启发。

这是我人生中第一次进"影院"，并且还是看过夜电影，让我感到新鲜与期待。可是才看了一会，心里就不舒服了，因为播放的是鬼片，令人毛骨悚然。我听到很多女生尖叫，然后一些男的就找借口搂着，假惺惺地安慰。我天生胆小，加上我的父亲是乡村祭师，跟我说过许多离奇诡异的事件，让我从小心里就有阴影，所以我讨厌看鬼片。后来眼睛疲困，倒头就睡了。电影院相当大，人又比较少，大家都有意错开坐，睡觉倒也方便。

到了凌晨两三点钟，我被一阵尖叫声吵醒，去了一趟洗手间，回来时看到屏幕上竟然播放着大尺度电影。那女生尖锐且夸张的叫声，令我毛骨悚然，觉得格外难受。一些座位上的男男女女搂的搂亲的亲，耳边还回荡着一些喘息声，也不知道是哪里发出来的。我没经历过这样的场面，感觉很尴尬。黄长运很喜欢看这样的电影，屏幕的光晕映照在他的脸上，他的眼睛瞪得大大的，眼珠子按捺不住，几乎要夺眶而出。这部电影虽说尺度大，却画面吓人，加上睡意袭来，我倒头又接着睡觉。

此事之后，黄长运再叫我去看过夜电影，我就拒绝了。我宁愿去影碟店，三块钱看一张碟子，可以自由选择，比去看鬼片或变态片要好得多。

幸好，不久后我在综合市场找到了属于自己的天堂，终于有了"安身立命"的去处。

市场的角落里，有一个很大的书店，里面摆了各种杂志和书本。尤其令我欣喜的是，有金庸、古龙、琼瑶等作家的全集，并且是二手的正版书，可以随时拿下来翻看，并不影响售卖。我以前在家里看的都是盗版的金庸集和古龙集，许多内容不全，一到关键处就没有了，令人痛恨与抓狂，因此心里一直有个强烈的愿望，希望有朝一日能看到金庸和古龙的正版书。终于，这个愿望就要实现了，那是一种难以言表的幸福。

我就像一块铁屑，瞬间就被书店这块巨大的吸铁石给掳走了，一头扎到里面，再也无法自拔。那些溜冰场、影碟店、游戏厅，还有脱衣舞场子和找工作的憧憬，一下子全都抛之脑后，外面人声喧嚣与脚步匆匆，仿佛也不存在一样，世界在这一刹那间安静下来。

三

　　回忆，并不局限于对往事的怀念与回味，更多的是对命运的追溯与展望，甚至是妥协。在乏善可陈的平常日子里，一次孤独的回忆，便能穿越十几年的光阴，用另外一种心境去体会岁月的留白，让多年前的场景以新的方式重现。这些重现的记忆或生活方式，在漫长的时光中，与梦想、奔波、坚守、希冀、信仰等融合，为我们苍白的生命增添了几分暖意。

　　我在一位作家的书上看过这样的话，"时光的流逝让所有人变得苍老，唯有小镇不断脱胎换骨，变得年轻而陌生"。二〇一八年，改革开放四十周年，东莞各镇纷纷举办文化采风活动。我带着最初的向往与期盼，专门找了一个周日的上午，跑到大岭山寻找回忆。

　　我独自在广场附近走动，想把那次采风行程变成旧地重游的旅途，唤醒沉睡十多年的情感，将其注入文字里，赋予时光的灵性与岁月的温馨。然而，我却遭遇了"梦醒一场空"的危机。除去广场与政府大楼之外，周遭的一切都变得陌生，不再是当年那些集群式的低矮楼房和厂区，而是辉煌的高楼大厦和巨大的购物商城。那些原本如洪水般的人潮并没有如约而至，早已被时代的楼房一茬茬收割殆尽，广场中只有一群跳舞的大妈显示出城市的活力，边上的人行道寂寥而孤独，落叶在上面翻身，发出细碎的声响，像梦中呓语。

记忆可以维护我们曾经生活的合法性，但城市遭到了时间的整容，往事也被现实围剿，令人心生怀疑——我当初到东莞的第一站是不是大岭山镇？这样的怀疑其实是对人生的质疑，我不能让那段岁月孤独地荒废在时光深处，被现实的废墟掩埋。我不死心，亦不甘心，就在边上转悠，寻找一丝可以供我慰藉的蛛丝马迹。

兜兜转转，一个多小时之后，我终于找到了时间的入口。一条泛起青苔的旧巷子与我狭路相逢，带给我故土般的温暖，让我迅速锁定了记忆的维度，使我遥想起某个下午。那个下午，我就是穿过这条巷子，去看那些令我春潮涌动的女工。也正是这样一次穿越，保留了我对东莞工厂最完美的印象与无限的柔情。

南方的初夏，闷热中暗藏玄机，渗透出不易察觉的湿气。午后的阳光让体内的湿气膨胀，令人昏昏欲睡。一觉睡醒，恍如隔世。那天我又准备去书店看书。下楼时，黄长运和老五正在一楼的麻将桌边吹牛，他们把我扯住，让我打牌。我想都没想，一口便拒绝了。

我要利用这段空闲的时间，把金庸的作品读完，如果时间允许，我还要把古龙和琼瑶的书也读完，然后心满意足地去找工作。我知道，一旦进入工厂上班，受到厂规和订单的限制，将会身不由己，几乎没有看书的时间。为了看完渴盼已久的金庸全集，那段时间我对一切事物都失去了兴趣，就连找工作都不曾放在心上，一心沉溺在武侠小说的世界里。

黄长运和老五无所事事，想找人打发时间。打牌，就是对无聊最好的蔑视。其他人都在睡觉，他们晚上要出去"干活"。黎疤的团伙中，只有老五跟我走得最近，其他人对我爱搭不理的，因为我和他们不是一路人。老五脸颊瘦长，颧骨突出，长着一副凶相，又留了一头染黄的长发，一看就是个混混。他没有什么手艺，搞不到钱，有时候连饭都吃不上。一个人学坏容易，想学好就很难了，几年的混混生涯，让老五彻底沦为一个好吃懒做的闲汉。他从来没有想过进工厂上班，也没有反思自己这辈子究竟为什么而活。没钱吃饭了，他宁愿坐在荔枝树下支棱着脑壳发呆，也不去找工作，仿佛那棵荔枝树会掉下馅饼。他知道我和黄长运刚来，身上有钱，所以跟着我们混口饭吃。这帮人基本都掌握一门做贼的本领，有人会开锁，有人会扒术，有人敢在夜里翻墙爬楼，用伸缩的鱼竿钩东西。老五没有什么技能，有时逼急了，半夜就去拦路抢劫落单的人，但风险极大。

我也没有犯罪的一技之长，而且胆子小，混在他们当中，就像一只鸡走到了鸭群里面，没有下水的本事。我跟他们一起去逼过债，到溜冰场或迪厅鬼混，也曾找过陌生女孩搭讪，想把她们骗到新郎房里春宵一刻，纯粹是图个新鲜好玩，并没有做坏人的念想。那时毕竟年轻气盛，好奇心重，什么事情都想尝试一下，要体验一把当古惑仔的感觉。然而，所谓的混社会，却是如此乏味无趣，并不像香港黑帮电影里面演的那样轰轰烈烈。说到底，这帮人不过是几个混混罢了，偷鸡摸狗，用下三烂的手段把快乐寄托在平常人的痛苦上。他们既不能劫富济贫，也不能为义气两肋插刀，与我想象中的黑道情怀相差甚远，所以我才打心底瞧不起他们。我心里十分清楚，我不可能跟他们长久厮混下去，只是暂时寄身于他们檐下，谋个栖身的地铺，等我把金庸、古龙、琼瑶的正版书看完之后，就会远离他们，从此不会再联系。

那个遥远的下午，黄长运扯住我要我打牌。这种无聊的事情历来不能让我提起兴趣，还不如去大街上散步看风景。黄长运见我毫无兴趣的样子，便神秘地说，你跟我打牌，晚上我带你去见世面。他信誓旦旦地保证：我敢说，是你这辈子都没有见过的场面。听他这样一讲，倒是吊起了我的胃口，于是勉为其难地跟他打牌了。

三人斗地主，打两毛钱的底，谁赢的钱最多谁就去买可乐喝，纯粹是消磨时间。到了四点半钟，黄长运和老五果然没有食言，带我去见世面。

我们穿过巷子、街道、广场和工业区，走了一个多小时的路，来到一个叫嘉财电子厂的工厂门口。我以为他要带我进这个工厂，欣喜万分。然而我想多了，黄长运只是带我来这里看美女。黄长运说，这是个日本厂，有一万多人，几乎都是女的，保证你眼睛都要看肿。我问他怎么知道的。黄长运说，我以前在这个厂干过。我不太相信，大厂工资高福利好，他怎么舍得跑出来？黄长运说因为打架被开除了。他怀念往事一样，用一种感慨的语气说："在里面上班爽死了，女崽（女孩）多得要命，随便你去泡，一盘炒米粉就可以搞定一个，可以同时交几个女朋友，比神仙还快活。你晓得不，女崽进厂是要量身高看长相的，要一米五以上，五官端正。你晓得什么叫五官端正吗？就是要长相漂亮，脸上长青春痘都不要。不信你问老五。"我把头转向老五，老五点头说是真的。我这才相信黄长运说的话，心里嫉妒他命好，竟然在这样的大厂干过。

下班的铃声响起，厂门打开，像河道开闸放水，一股人潮从大门口涌出来。员工们穿着白色的工装，在夕阳下晃动，看起来就像一朵朵浪花，瞬间形成壮观的景色。我不知道有没有一万人，但人确实很多，转眼之间，我们就被人潮给吞噬了，不管从哪个方向看都是人。令我惊叹不已的是，正如黄长运所言，人群中大部分是女生，极少看到男生。

我第一次见到这么多女生同时涌出来，一时吓得不知所措，又激动又紧张，慌不迭地东张西望，看得眼花缭乱，恨不得多生两双眼睛。黄长运扯着我，不时用手指着——

看，那里有个漂亮的 —— 看，这里有个胸大的……他的脸皮可真厚，丝毫不顾别人诧异的目光，大胆地盯着那些漂亮的姑娘看。

汹涌的女工潮把我二十岁的荷尔蒙挤压出来，在闷热的初夏，荷尔蒙如同湿气般剧烈膨胀，令我浑身发热，焕发出难以磨灭的青春悸动。那时，我对这个厂里的男工简直羡慕嫉妒得要死，他们无疑是世界上最幸福的男人，得要修多少年的福气才有机缘进这样的厂！

人流很快就散去，隐入附近的街道巷子里，给人留下无尽感慨，觉得还不够过瘾，想让这股人潮再来一次。黄长运笑嘻嘻地问我，眼睛看肿了没有？我感觉眼睛还真是有点涩涩的，就说肿了。黄长运笑得更加猥琐了，说要给我买瓶眼药水。我问他，能不能进嘉财电子厂上班。他冷笑一声，想得美，要么里面有人帮忙，要么就交五百块钱给边上的中介公司。听说要五百块钱，我就沉默了，我知道黄长运身上的钱已经不多。但我并没有因此产生失落感，而是立马定下了一个坚定的长远目标：先去别的工厂上班，赚够五百块钱之后，立马辞职出来，然后进嘉财电子厂，扎入这些女工当中，让自己的生命与她们碰出巨大的火花，把青春燃烧起来！

有了这样一个切实可行的伟大想法，我顿感踏实起来，如同找到了人生奋斗的目标与方向，不再迷茫。我也不再嫉妒里面的男工了，我觉得我很快就能成为他们当中的一员。我信心满满，要在今年内进入这家厂上班——不过是五百块钱的事情嘛，去别的工厂混两个月就足够了！甚至，我已经幻想在里面上班的情景了，在那些身穿纯白色工装的女工潮中挤来挤去，就像在花丛中赏花一样。

进嘉财电子厂的梦想，勾起了我对找工作的热情。但是，金庸的全集还没有看完，又让我留恋不舍。我于是加快了看书的速度，书店一开门我就钻进去，直到晚上关门我才出来。中午也不午睡了，跟着黄长运吃路边快餐，吃完转身就往书店走。

如此过了两天，终于把金庸全集啃完了。但我仍在武侠小说的世界里徘徊，意犹未尽，犹豫着是要接着看古龙的作品，还是去找工作。做了一番思想斗争后，我决定先把古龙全集看完再去找工作。毕竟，这样清闲美好的日子太难得了，而且书店正好有这样一批二手书任我翻阅，踏入工厂上班，不知以后还有没有这样的机缘。

当我把《小李飞刀》从书架上抽出来时，书店的老板走过来找我聊天。我刚到书店看书的头两天，老板见我窝在里面看书，又不买书，知道是个蹭书者，不免有意见。后来，得知我是跟黎疤混的，大约黎疤在这片市场里有些名头，他就卖了面子给我，我想看什么书，他就给我看，有时还会找我聊几句。

这次聊天，话题有些沉重，老板语重心长地对我说，你这么喜欢看书，看上去又斯斯文文的，不好好去找份工作，跟着黎疤他们鬼混，不是浪费生命吗？以后迟早会出事的，你家人知道了会怎么想？

听了这番话，我讪讪地笑了笑，想必在老板心中，我也是一个偷鸡摸狗的烂仔。也难怪他误会，谁叫我打着黎疤的名号来蹭书呢！不过，他的话倒是点醒了我，我来东莞这么多天，还没有打过电话回家，家里人肯定着急了。我当时没有手机，也没有其他联系方式，家人想联系我比大海捞针还难。

我于是放下《小李飞刀》，走出书店，到边上一家电话超市打电话回家。父亲果然很担心，焦急地问我在东莞怎么样。我撒谎说找到工作了，在嘉财电子厂上班。我特意向他炫耀，说这个厂有一万多人，差不多全部是女的，到时找老婆不成问题。父亲高兴坏了，让我好好上班，到时把弟弟也带过去进厂，让弟弟也讨个老婆。父亲又叮嘱我，拿了工资记得寄一些回家，家里正等钱用。那时我哥在读大学，家里也准备建房子，正是经济紧张的时候。我说没问题。父亲让我把工厂的地点和联系电话告诉他，以便有事可以找到我。我胡诌说刚进厂，还不熟悉，等过段时间再告诉他。

挂了电话，我再也没有心情去看书，就跑去和黄长运商量找工作。黄长运显然很喜欢这种游手好闲的生活，并没打算去找工作。他说，你在这边待了这么久，熟门熟路的，自己去找厂吧。我说我没钱。诚然，刚到东莞那天，我把六百块钱给了他，自己只留了几十块零钱，现在就剩几张毛票了。这段时间，每天吃饭都跟着黄长运，由他买单，我落得理直气壮，甚至有一种占便宜的心理：我的钱全部给了你，你要负责管我吃住，直到我找到工作为止。所以，我从来不过问他还剩多少钱，如果钱花完了，他一定会想办法的，然后带我去找工作，把我这个包袱扔掉。这些天，我心无旁骛地沉迷于金庸全集，陶醉在武侠小说的世界里，也正是因为有黄长运当后盾，生活的紧迫和工作的着落，都被这个虚拟的后盾给蒙蔽住了，让我失去了危机意识，一心享受着读书带来的乐趣与快感。

黄长运把口袋所有的钱都掏出来，数了一下，不到一百块钱了。他递给我五十块皱巴巴的零钱，说附近这么多工厂，你随便找一个就进去了。又说，只有这么多钱了，你省着点花，找工作不要挑三拣四，也不要想着再找我要钱。这句话给我带来紧张感，但我转念一想，附近这么多工厂，拿五十块钱当路费和餐费，一天时间就能搞定工作，足够了。

然而，等我出去找工作之后，才知道社会竞争的残酷。东莞的工厂虽然多，但找工作的人也多，想进厂还是很困难的。尤其是夏天，大部分工厂都缺少订单。有句谚语叫"五穷六绝七上吊"，说的是五六七三个月是工厂的淡季，很难熬。像嘉财电子厂这种大型工厂，人事部和外面的人力资源中介公司合作，交三百块钱（女工）或五百块钱

（男工）才能进去，不对外招聘。我没有钱，只能找一些小厂面试。可是当时找工作的人特别多，周边的小厂早就招满了人，很多找不到工作的人也在附近工业区徘徊，脸上都是像我一样焦虑不安的神情。

我在周边的工业区转了两天，没有一家工厂愿意收留我。我心里开始着急了，决定离开这片区域，到外围的工业区碰碰运气。我顺便把行李带上，反正就几套衣服，用蛇皮袋装着提在手上也不碍事。如果找到工作，就直接进厂，不打算回来了。

我对大岭山广场一带比较熟悉，但出了这片区域，就失去了方向感，很快就迷路了。我一心只想找到工作，看到工业园就钻进去，看到工厂就跑过去，哪里管方向和路线。

找工作简直就像单身汉找老婆，拼的是运气。找十个厂，只有一两个厂招工，几乎都是招女工。当然，偶尔也会有招男工的工厂，可是要求初中毕业。我只有小学文凭，难以混进去，这些厂不仅要看毕业证，进厂还要考试，虽然只考初级的数理化和英语，但对我而言，无异于天文地理。还有一些工厂进去时需要交押金、厂服费、体检费之类的，因为手头拮据，我只能找那些不用交任何费用就能进去的小厂。但是小厂都招满了人，想找一个容纳我的工厂，就像在沙漠里找水一样艰辛。

走了一整天，我也不知道自己走到哪里去了。夕阳落下，工作仍无着落，我两条腿就像断了一样，血泡磨起来了，连站起来的力气都没有。那时偏远地方公交车还没有普及，很多工业区半天才看到一辆。我也不知道坐哪路车才能回去，只好搭载客的摩托车。当时东莞还没有禁摩，摩的随处可见，但是一问价钱，竟然要二十元，这个价钱相当于二十公里了。我没有想到自己会走这么远的路，而我口袋里只余下了二十几块钱，如果搭摩托车回去，意味着要把所有钱都花光。黄长运身上也没有什么钱了，回去找他要钱也是为难他。我沉思了一番，觉得没必要回去，回去之后明天还要走这么远的路出来找工作，浪费时间，不如就在这里歇脚，明天接着找工作，不用重复走路。

我坐在工业区一条石凳上，等待深夜降临。因为双脚疲惫，我不想再挪动一步，就这么静静地坐着，看着暮色四合。路灯终于亮起来，刺破了夜空，裸露出无力的苍白。边上的树木被风吹得哗哗作响，却没有让人感到一丝清凉。我眼睁睁地等着时间过去，然而，时间就像失效了一样，过得极其缓慢，闷热的空气如同豆浆里面加入石膏，凝固起来，令人感到生命的迟缓与压抑。

一直到九点钟，工业区的下班时间到了，人潮涌出来，才将这股沉闷的空气给挤开。看到那些下班的欢快人群，我心里愈发地感到落寞与无所依靠。我没有手表，只有惶恐不安，默默地期待着时间的尽头给我带来藏身之处。直到工业区里面人迹萧条，估计有十一点钟了，我才花三块钱买了一张票，在工业区一个私人电影院里过夜。

第二天，我从电影院出来，看见边上一家包子店的门口人头攒动，一群上班的人围在那里买包子，蒸笼冒出来的烟雾缭绕四周，让我感觉蒸笼边上的人都是神仙，离我很遥远。我咽了咽口水，不舍得吃早餐，因为身上的钱越来越少了，要省着点花。

空腹去找工作，以为可以用吃苦耐劳的精神感动苍天。但现实戳破了一切妄想。我越走越远，像个迷路的小孩，怎么走也找不到回大岭山广场的路。巨大的城市让渺小如尘埃的我失去了方向感，所有的地方看上去都是陌生的。尽管我找人问路，问明了大岭山广场的方向，但走上一段又会迷失方向。三番几次下来，我就有一种强烈的预感，上天是有意让我回不去的。我把身上那十几块钱做了最坏的打算，晚上花三块钱到电影院过夜，不吃早餐，中晚两餐都买最便宜的包子吃，喝水就用矿泉水瓶子接自来水喝。

就这样，苦苦地撑过了两天，在一个饿得头晕眼花的下午，我再也熬不过去了，口袋里的钱已经花完，连最后的五毛钱都被我买饼干充饥了。我没有任何心思与精神找工作，像流浪汉一样，一路打听回大岭山广场的方向。途中，经过一个叫马蹄岗的地方，一个冒着滚滚灰尘的家具厂朝我张开了怀抱。我看到厂门口贴出招工启事，上面写着：招聘男工两名，吃苦耐劳，熟手优先。

"熟手优先"的言下之意就是生手也可以考虑。我灰暗

114

的眼睛亮了起来，像在沙漠中看到了一片绿洲。当我带着满身臭汗味进去面试时，人事主管看出了我的落魄，尽管我没有在家具厂上过班，但是她还是收留了我。也许她知道，帮助一个走投无路的人渡过难关，是在为自己积攒福气。她递了一张入职申请表给我，让我填写相关信息，我接过那张薄薄的表格，激动得眼泪差点就落下来了。

如今，我仍能清楚地回想起填表时的情景：我的双手一直在颤抖，因为饥饿，低血糖犯了；但也是因为激动，按捺不住兴奋的心情。那一张简单的表格，我花了很大的力气，才终于填写完毕。表格上面那些歪歪扭扭的文字，承载了我对新生活的渴望，也截断了我返回那个旧村的可能性。拿到厂牌和饭卡的那一瞬间，我的心踏实下来，如同一颗飘浮在风中的种子，终于回归大地。

小记：黄长运早年就学会了上网，留下QQ号给我，那时我不知道这玩意怎么用。直到2006年，我才学会上网，从电话簿中翻出黄长运的QQ号，联系上他。两人相见，一时感慨万千。从黄长运口中得知，黎疤的团伙因为犯事，被公安通缉，黎疤逃到南宁后被抓，其余人也都悉数落网，全部判了刑。黄长运因进鞋厂工作，没有犯事，算是逃过了一劫。此后，黄长运一直在工厂老老实实干活，娶妻生子，日子平静中透着温暖。可见，当混混是没有出路的，只有走正道才能让生活变得更加精彩。

第五章

一

　　时隔已久，我已经忘记家具厂叫什么名字了。我在里面只做了十来天，没有交到任何朋友，也没有留下美好的回忆。不过，我很感谢这个家具厂，在我走投无路时收留了我，尽管它不能给我带来柳暗花明，却给了我栖身之所。

　　那天，我在人事部填写入职表格，领到了厂牌和饭卡，按照人事主管的交待，去隔壁的宿舍楼找保安。保安将我安排在宿舍的二楼居住。一楼是饭堂，正在做晚饭，饭菜的香味从窗户飘进来，早餐和午饭都没有吃的我被勾得魂不守舍。

　　还没有到开饭的时间，我已经急不可耐地钻进饭堂。我要寻找一个饭碗，否则就算有饭卡也吃不上饭。我当初从江口镇跑到东莞，信心满满，以为一到东莞就能找到好工作，所以我把饭碗、水桶、脸盆、衣架之类的生活用品全都无情地抛弃了，连同那一段难以割舍的"爱情"一起。我像一个逃跑的负心汉，只带了便装，仓皇上路。

初到东莞的那些天，天天吃快餐，也未曾想过事先要把饭碗买好。没想到这些看似累赘无用的物品，一旦要真正面对生活的时候，却是那么重要。我身无分文，根本买不起饭碗，必须要去找个盛饭的东西，否则会被饿死的。毕竟有打工经验，我知道饭堂放碗筷的架子上，会有一些离职人员走时丢弃的饭碗，我要去碰碰运气。

老天爷眷顾我，饭堂的架子底下有一个落满灰尘的搪瓷碗。仿佛这个搪瓷碗早就在这儿等我了，在我落魄不堪的时候，它给我带来了生命的慰藉。这是一个非常普通也非常常见的棕色搪瓷碗，碗边有不少地方脱漆生锈，底部也有几处像生了癫疮一样的锈斑，看上去就像一张沧桑的老人脸。但对我而言，却是无比的亲切，我想起了爷爷那张饱经风霜的脸，曾经也是这样深情地面对我，让我感到踏实。

尽管只是一个空碗，没有勺子也没有筷子，但我仍有一种如获至宝的感觉。我将碗洗干净，将它紧紧地捧在手上，仿佛捧着命根子一样。我双手颤抖，不是激动，实在是因为饿得两眼发昏，犯了低血糖。

开饭的时间到了，我第一个抢着去打饭菜，把碗里装得满满的。热气腾腾的饭菜把碗焐热了，像捧着滚烫的心脏，烫得我双手生疼。我捏着碗的两边，小心翼翼地坐到饭堂角落。然而没有筷子，我无法吃饭，只能眼睁睁地看着香喷喷的饭菜，恨不得像猪一样把脑袋拱进碗里。

米饭和菜的香气撩拨着我的胃口，肚子已经饿得不行了，胃里的酸水一直往外冒。我用手捏了一小团米饭吃，米饭真香啊，那是世界上最好吃的食物了！可是没有筷子，再香的米饭也隔着距离，我总不能用手抓饭吃吧，边上的人怎么看待呢？何况这是在公路边上的工业区，想去外面找一双筷子，也太难了。我突然想到了什么，于是端着饭菜跑到宿舍，从行李袋掏出牙刷，用牙刷柄当筷子，往嘴里扒饭吃。

宿舍的保安来驱赶我，说公司有规定，吃饭时间不准进宿舍。他用疑惑的眼神看着我，看着这个新来的瘦鬼，是否想要偷东西。我无辜地说没有筷子，并用牙刷做给他看。但是保安还是面无表情地把我赶下去。我怕引来别人笑话，就跑到厂门口蹲着吃。尽管没有筷子，但用牙刷柄扒饭，吃得也很舒服，像生病的人吃到仙丹一样。吃完饭，才发现这个搪瓷碗是漏的。我蹲着吃饭，吃得太投入了，裤腿滴了一片油渍。但我管不了那么多，只要能让我盛饭吃，漏就漏吧，总比没有的好。饭后洗碗，我还顺便刷了一下牙。用牙刷吃饭倒是挺方便的，可惜不雅观。

晚上，我跑出去溜达，在夜宵摊"偷"了一双一次性筷子，总算凑齐了吃饭的家当。"偷"完筷子回到宿舍，因为奔波了一天，早就累坏了。想去洗澡早点睡觉，却没有洗澡的生活用品，连最基本的水桶和脸盆都没有，更不用说洗发水和沐浴露了。我初到东莞那几天，用的都是黎疤团队的洗发水和沐浴露，自己并没有买。最重要的是没有水桶，不能去接热水，只能对着水龙头洗冷水澡。我不想洗冷水澡，因为会引发风湿病，到时候发作起来，关节疼痛，会变成瘸子。

一连找了几天的工作，被太阳晒得汗水淋漓，身上又黏又臭，太难受了，不洗澡也不行。我于是钻到冲凉房，拿毛巾浸湿，抹擦着身子，尽量把汗臭抹掉。

没有席子，也没有床单之类的东西，我只能睡在赤裸的床板上。天气热，倒也无所谓。但令人苦恼的是，因为二楼楼层低，晚上很多蚊子。同宿舍的人都拉起了蚊帐，我没有蚊帐，蚊子都跑来欺负我。好在有吊扇，多少能驱蚊，被咬几口倒也无所谓了，总比露宿野外的好。我躺在吱呀作响的木床上，很快就昏昏入睡。

二

一觉睡到天亮，起床时全身酸痛，仿佛爬了几座大山。脚底板硬邦邦的，不像以前那么有弹性了，站起来时双腿都发颤。这几天不断奔波找工作，确实走伤脚了。想到从今天起不用再去找工作，不由得倍感幸福与欣慰。

跑到一楼饭堂，以为有早餐吃，没想厂里竟然不供应早餐，要自己去外面掏钱买。我身无分文，早餐成了奢侈品。无所谓，反正以前在打火机厂上班，也经常没钱吃早餐，练出来了。

上班时，我把吃饭的碗顺便带上。因为没有喝水的杯子，只能用碗来代替。尽管这是一个漏碗，但侧过来，可以勉强接点开水喝，总比用嘴去喝水龙头的冷水要好。家具厂很人性化，保安室每天都会放一桶烧好的凉茶。凉茶不知道是用什么做的，味道蛮好，听说可以清肺。上班之后，我才知道厂里为什么这样"人性化"，一楼的灰尘实在是太大了，根本没办法喝水，厂里于是放一桶茶水在保安室，让大家出来喝，又由保安监管，不让人偷懒。不过偷懒的人很少，厂里的工人基本都来自贵州，且大部分是中年人，都是家具厂的元老，做事很自觉。

我被分配在一楼。一楼是木工部，顾名思义，就是做木工活的。做木工又锯又磨又刨的，木屑灰尘很大，像滚滚浓烟一样弥漫在车间里。组长每天给我们发一个棉布口罩，但只戴一上午，白色的口罩就变了颜色，鼻孔里全是灰渣。二楼是喷漆部，做好的家具要喷漆，所以二楼终年散发出一股漆臭味，极难闻，让人作呕。我宁愿淹没在一楼的灰尘里，也不愿待在二楼的喷漆房。三楼我没有去过，听说是成品仓库。

我的厂牌写的是杂工，杂工是没有特定岗位的，组长或木工师傅叫我去做什么，我就得去做什么，谁都可以指挥我。家具厂不像电子厂，有固定的工位和流水线。家具厂的岗位很乱，杂工更是随意调动，相当于苦工。唯一的好处就是工资计时，没人管产量，所以工作还算轻松。

我做得最多的就是锯木料，然后是搬木材，有时没事做就扫地，或拿小推车装边角料拉到外面去。我最喜欢扫地了，虽然脏了一点，但只需把木屑灰尘扫起来，装到麻袋里，活儿轻松好玩，可以偷懒。最害怕的是锯木料，那是常见的电锯，一张铁台上裸露出无比锋利的锯片，像怪兽的獠牙，没有任何保护装置。地面横七竖八地堆放木料，一不小心绊倒，摔在锯片上，人都要被切成两段。我心惊胆战地问木工师傅，有没有人被电锯切伤过。师傅哼了一声，说谁那么傻，把自己的身体往锯片上撞。

锯木料的工作其实也是相当轻松的。锯台早就由师傅调好尺寸，我们只需推动木板就行。锯台的两头各站一人，一个推木板，一个负责接木板。我是新来的，只能做接木板的工作。木板顺着锯片推来，锯片刨出来的木屑就像车轮刮起的泥沙，纷纷扬扬地打在身上，弄得眼睛耳朵头发上全都是，实在苦不堪言。我最担心的事情并不是灰尘会把我的鼻子给堵塞了，把我的眼睛给打瞎了，而是担心电锯的齿轮会被木板卡断，或螺丝松掉，齿轮突然飞出来，像《神雕侠侣》金轮法王的铁轮，会把我的脑袋削掉。

锯木料的工作灰尘大，有些人戴着墨镜上班，防止灰尘甩到眼里。我也想搞个墨镜，但哪里有钱去搞。我突然

123

想起来，刚到东莞时，一座天桥上有卖眼镜的地摊，老板让我买墨镜，说太阳这么大，不买墨镜戴，找工作要把眼睛晒瞎。我当时很不屑，心想东莞遍地工厂，我很快就会找到工作的。然而，我高估了东莞，也高估了自己。

三

干木工的活儿，不消多说，每天全身上下落满灰尘，连耳孔都是，像一个从沙坑里爬出来的人。我并不在意身上有多少木屑灰尘，而是在意灰尘给我生活带来的麻烦。最痛苦的莫过于洗澡，我没有水桶接热水，也没人愿意把自己的洗漱用品借给一个陌生人使用。刚开始那几天，我还可以勉强用湿毛巾擦身子，但到后来，根本擦不干净，反而把身上的灰尘揉到毛孔里，皮肤就会发痒，有时痒得恨不得把皮剥下来。洗衣服也头痛，没有洗衣粉去污，也没有用水桶浸泡过水，衣服是不可能洗干净的，晾干后散发出一股怪味道，像潲水发酵的酸臭味。还有头发，只是用清水冲洗，十分干枯毛燥，像一堆干草，连手指都插不进去，痒得要命，能把梳子的齿条给卡断。长期下去，我担心头上会长虱子。

后来，我终于忍不住，偷偷地"借"用了宿舍人的洗衣粉，用来洗头发和洗衣服。宿舍的人都很精明，洗发水和沐浴露比较贵重，放到行李箱子里面锁起来，只有洗衣粉放在桶里，塞在床底下，让我有机可乘。我也不知道洗衣粉对头皮是否有伤害，一个人走到绝境时，哪里还管那么多。

没钱买衣架，尽管衣服洗干净了，却也找不到地方晾晒。阳台有一个晾衣杆，但晒衣服的人很多，我不可能占到位置。幸好我的上铺没人睡，我就把湿衣服摊在上面，吊扇吹一晚上，第二天衣服也被阴干了。阴干的衣服皱巴巴的，一股黏湿味，不干净也不清爽，穿在身上像有虫子在里面爬行。

生活再困难，也可以慢慢熬过去，但难熬的是那份孤独感。这个厂的工人来自同一个地方，很排外，他们大多是中年人，我无法融入他们的圈子，想交个朋友都交不到。当然，一般的年轻人哪里会进这样的厂，灰尘太大了，还不如在工地里干活，而且工资又那么低。如果厂里有年轻人就好了，至少可以结交几个朋友，借点钱来渡过难关。起初，我想将身份证押给宿舍的一个中年人，找他借二十块钱，说发了工资还给他。但那中年人找借口拒绝了我。他们心里都有极强的防范意识，年轻人不可能在厂里待太久，万一拿假身份证套他的钱呢？社会就是这么现实，很多时候人只能靠自己。

身上的灰尘污垢日渐严重，终于逼得我不得不用冷水洗澡，对着水龙头冲刷身子。不久后，便引起了风湿病发作，关节发炎，腰骨疼痛，走路开始瘸了，而且一天比一天严重。

熬了十来天，我再也忍不住了，申请辞职。人事主管把我骂得狗血淋头，说这点苦都吃不了，以后怎么能做大事？干脆不要出来打工了，打工就是要吃苦的！语气很严厉，一副恨铁不成钢的样子。她肯定想起了我当初进厂时，看我走投无路的可怜样才收留了我，没想到我这么快就倒戈了，辜负了她的一番好意。但是，骂归骂，她看到我那副憔悴不堪的样子，最终还是批准我离职了。

急辞工要扣一半工资，加上没过试用期，工资低得很，扣去食宿费，我只拿到了一百五十二块钱。拿到钱，我第一时间去药店买了两盒"万通筋骨片"，花掉了五十块钱。又花了两块钱买了一瓶矿泉水吃药，最后只剩下了一百块钱。看着那一百块钱，当时有一种莫名的宿命感，真的，怎么这么巧，刚好就剩这一张钞票，孤零零的，像我一样。

一百块钱已经够我回家的路费了，但我没有想过要回家。那时虽然落拓，但我仍心高气傲，血气方刚。多年的疾病磨练了我的意志，锻炼了我的生存能力，我总是不愿服输，不肯向命运妥协。然而，我又比谁都自卑，比谁都迷茫，不知道自己的人生归宿在哪里，只能像一个卒子，走一步算一步。

我仰起头，一口气喝完了手中那瓶矿泉水，然后迎着火辣辣的太阳，迎着燥热的南风，背着单薄的行李，朝着公路沉默地向前走，继续去找工作。初夏的阳光晒得我浑身发热，血液沸腾，汗水往外冒。但我紧紧地憋着一口气，就这么瘸着腿，背着行李，倔强地走过车水马龙的公路，穿过人潮汹涌的街道，孤独地走向了城市的深处。

第六章

一

二〇一八年三月，听说我要去鲁迅文学院学习，朋友们都纷纷祝贺，张罗着为我饯行。我从小体质虚弱，又因以前工作环境的影响，患上了慢性咽炎和支气管炎，喝酒对我的身体无疑是个负担。但友人盛情，却之不恭，且我又是一个不懂拒绝的人，别人待我好，我便想着"投我以桃，报之以李"，设宴回请他们。

几天下来，身体便扛不住了，只好企盼着去北京的日子快点到来，好逃离这种世俗纷扰。

临行前两天，仍有饯行的酒宴。频频举杯后，我醉了六七分，只想着早点回家睡觉。但友人并不尽兴，说我后天北上，四个月不能相见，无论如何再喝几杯。于是，又拉着我去搞"下半场"酒。

我被架上车，绕了几大圈，迷迷糊糊地到了一家夜宵店。店里的生意极好，人声喧哗，空气中弥漫着浓烈的烟酒味，让我愈加感到头晕。我借口上洗手间，跑到外面透气。

出了门，明亮的路灯与霓虹交相辉映，照得大街妖娆多姿。我舒了一口气，觉得眼前的景物很熟悉。左右环顾，突然像遭遇冷空气般，打了个寒战——这不是星威塑胶厂吗，怎么门口的保安亭和会议室改建成了夜宵店，难道星威厂倒闭了？

我整个人都清醒起来，看到墙体上贴着几个繁体书写的"星威塑胶制品厂"大字，确认无疑后，便不由自主地往厂区里面走去。厂区内没有灯火，黑乎乎的一片死寂，但我仍看清了它本来的面目，单层的水泥楼上面加建了一层铁皮房，铁皮房被霓虹灯的余光映亮，锈迹斑斑，看上去格外沧桑。生产车间的铁闸门没有合上，此时大嘴豁开，里面空荡荡的，仿佛史前怪兽，将多年前吞噬的时光与记忆都吐了出来。

我从未想过，竟会以这种方式与星威厂相遇。十多年前，我和它相遇，正值我人生低谷的迷茫期，当时我对生活充满了无奈与绝望；十多年后，再次相遇，却是我意气风发即将进京学习进修的时候。宿命的重叠如此巧合，难道老天爷是想告诉我，这便是当年我苦苦追寻的人生答案？

我愈加感到惶惑与怅然，幽灵般走进了车间内部，像走入一颗停止跳动的心脏深处。那些嘈杂的机器声早已消失，只有我咳嗽时传出来的回音，传递来往日的悲凉与不安。黑暗再一次迎面袭来，令我迷失方向，我的鼻子闻到了浓烈的塑胶味，还有铁皮生锈和过期机油的味道，像发条一样拧紧我的神经。不用任何煽情，我的双眼便朦胧起来，那些关于星威厂的记忆也不必刻意回忆，便如泉涌般纷至沓来。

那是二〇〇四年的事情了。五月下旬，岭南初夏的阳光早已耀武扬威，像鞭子一样抽打下来。我背着单薄的行李，从大岭山跑到长安镇找工作。那时，我刚从家具厂离职，在附近找工作，把周围摸了一遍，没有任何收获。心里正迷茫，坐在一个小卖部休息。后来，听小卖部的老板说起，长安镇的工厂多，容易找工作。于是，我带上仅有的几十块钱，跑到了长安镇。

当时的长安镇虽然处于迅猛发展期，但涌入的人过多，找工作也很难。尤其是夏天，大部分工厂都处于淡季，基本上是不招工的。山穷水尽的时候，星威厂向我伸出了橄榄枝，如果不是星威厂，不知道命运会带我走向何处。

星威厂在长安镇的莲峰北路，当时的厂区后面是一大片荒地，长满了比人还高的野芦苇和藤条，现在这片荒地建成了信义地产、沃多夫公寓和天虹商场，是长安镇首屈一指的中心楼盘。我进厂的时候，住在宿舍一楼，与荒地只有一墙之隔，老鼠蚊子多得要命。因为没钱买蚊帐，蚊子的骚扰令我苦不堪言。听老员工说，冬天的时候经常有老鼠钻进被窝取暖，很是吓人。老鼠还好，最怕的是蛇。

我进厂才几天，便遇到了这样的事情。一天傍晚，一条青皮蛇钻进了男冲凉房，当时一名物料员正在里面洗澡，吓得用毛巾捂住裤裆，光着屁股跑出来。物料员的头上还顶着白花花的洗发水泡沫，看上去像裹着一团棉花糖。

物料员捡了一根棍子跑回冲凉房。我和一帮上夜班的同事正在冲凉房门口的铁皮檐下面看电视，以为物料员要打架，正想凑过去看热闹。转眼工夫，只见物料员穿着短裤走出来，手上抓着一条长长的青蛇，青蛇的尾巴绕在他的脖子上，一圈又一圈。物料员调皮地吐了吐舌头，活像一个吊死鬼。

物料员买了母鸡和瓶装的白酒，利用饭堂的炊具，煲了一个龙凤火锅，和车间的机修工们大快朵颐。那蛇皮剥开后就挂在男冲凉房门口的晾衣杆上，被太阳晒后发出一阵腥臭。我们都被这股腥味搞得狂躁起来，一个个满脑子幻想，希望有一天，也有一条大蛇跑到女冲凉房，到时女生肯定会吓得光着身子跑出来，我们能一饱眼福。

然而，这个愿望直到我离开星威厂，也不曾发生。

由于一楼的蚊虫实在太多，不得已，我搬到了四楼居住。四楼是顶楼，闷热如蒸笼，但蚊子比较少。比起被蚊子咬，我宁愿选择闷热。住在四楼也有好处，有时站在走廊边上假装看风景，却是低头往下看。三楼是女生宿舍，她们在走廊里走动或聊天，我们能看到她们隆起的胸脯，无聊的宿舍生活，多出了那么一点小乐趣。

星威厂主要生产玩具塑胶和五金塑胶，工资计时，机器的好坏跟我们的工资挂不上钩，因此我们经常虔诚地祈祷着机器坏掉，好有时间偷懒。我们主要的工作是"削批锋"。注塑机生产出来的产品，因为槽道、顶针、模具老化、水口料衔接等原因，产品的棱角和边缘部位会出现一些毛刺，我们称其为"批锋"，用刀片将其削掉，再用碎布或棉花沾上白电油，将产品上面的油污擦掉。这种活儿并不困难，难的是上班时间超长。上了十二个小时的夜班，我困得要命，还要再加一两个小时的班，用于返修退货或包装多出来的货物，睡眠时间严重不足；而且工资低得很，一个月只有五百多块钱；每个月也只有发工资那天才放假，平时是请不到假的。伙食也差，住得也不好，尤其是宿舍后面的发电机，噪声的侵害简直和"清朝十大酷刑"有得一比。

一到夏天，东莞这座大型工业城市就会闹电荒，很多工厂白天会被限电。星威厂每周也有两到三天受限，限电之后只能依靠自己发电。发电机就在宿舍后面，与宿舍紧紧挨着。宿舍楼边上是男冲凉房，冲凉房和宿舍楼的两面墙壁将发电机包围起来，用铁皮在上面搭一个顶，就做成了发电房。这种因陋就简做成的发电房没有任何隔音措施，噪声肆无忌惮。

三个巨大的柴油发电机油乎乎地卧在地上，像三个火车头。这些发电机开动起来，面无表情地咆哮着，响声可以用惊天动地来形容。我想不通，是谁搞出这种毫无人性的设计，竟然把发电机安放在宿舍后面，简直是谋财害命！上夜班的人累得要死，白天要好好睡觉才行，发电机的咆哮给人带来了难以忍受的折磨。每到发电的时候，我们就从车间带一把擦产品油污的棉花，用来塞耳朵。但是塞上耳朵也不过是自我安慰，根本没有作用。男冲凉房紧紧地挨着发电房，洗澡十分痛苦，发电机愤怒的吼叫声在冲凉房里回荡，能把人的身体撕裂。尽管耳朵里塞了棉花，但耳膜被震得嗡嗡作响，仍是受不了。冲凉房顶是用铁皮做的，震得颤颤发抖，感觉像云朵一样会移动；墙壁也跟着晃动，我时常担心房子会塌下来，把我们掩埋了。洗完澡，整个人的骨头都被震酥了，内脏也被震翻了，加上熬夜的疲惫与困顿，走起路来轻飘飘的，如大病初愈。

我住在四楼，那是顶楼。我是五月底进厂的，上了两天的白班，就转入六月的夜班，隔月换班，所以八月份也是上夜班。南方的夏天热得要命，三伏天的阳光像开水一样泼下来，能把人扒一层皮下来。狭窄的宿舍，空气闷热如同桑拿房，仿佛点一根火柴，整个房间就会燃烧起来。睡觉时我们不敢开窗户，也不敢开门，否则迎接我们的除了燥热的风，还有发电机惊天动地的咆哮，像电钻一样，搅拌我们的脑浆，让人感觉脑壳都要裂开。

我们睡觉也要用棉花塞住耳朵，尽量减少噪声带来的伤害。房间因为空气不流通，闷如烤烟炉——真的，我家以前种过烤烟，我知道那种闷热的程度。尽管天花板上有一把摇头的吊扇，但吹出的风也是热乎乎的，像吹风机吹出来的一样，勉强搅拌一下沉闷的空气，没有一丝凉意。很奇怪，在这种高温里睡觉，我们竟然没有中暑，大约是习惯了高温的环境。注塑车间本来就是高温场所。

住在一楼的人，他们怕热，不愿意搬到四楼来。他们并不见得比我们好过。听一楼的员工说，发电机能把地板震得动起来，床铺就像手机开启震动模式一样，人在床上睡觉，不知不觉就被震得往外移动，冷不防要摔下来。一到发电的时候，他们就开玩笑说"中国移动来了"。住在第一间宿舍那几个男生，不知道他们是不是练就了"金刚不坏之身"，竟然不惧噪声，睡觉的时候，喜欢把门和窗户都打开，仿佛打开天窗说亮话一样——那发电机说的话，岂是我们这些人类能听得懂的？窗户直挺挺地对着三个"火车头"，发电机的鼻孔（烟囱）喷出滚滚浓烟，直冲着灌到房间里，简直能把人熏个半死。真想不通，他们哪来这么强大的定力，换作是我，早就精神失常了。

发电机的咆哮不仅给人带来严重的睡眠问题，最大的伤害是让人腿抽筋。说起来似乎有些不搭边，但确实是真的，厂里的员工不分男女，经常会在睡梦中抽筋，而且基本都是小腿抽筋。后来，我特意询问过医生，两者是否有关联。医生告诉我，巨大的噪声除了对神经系统、内分泌系统、心血管系统有影响，还会对消化系统造成影响，引起胃肠功能紊乱和微量元素流失。发电机的咆哮声，能把骨头震松，那些钙呀锌呀之类的东西，哪有不跑掉的。加上工厂伙食差，营养跟不上，而且上班时间又长，休息不好，身体素质下降得厉害，引起抽筋也不足为奇。

现在，我仍记得第一次抽筋的场景。那是一个白天，轰隆隆的发电机声强行挤入房间，搅拌着我们虚弱的睡眠。窗户没有窗帘，阳光像强盗一样，明目张胆地闯进来，连躲在角落里的最后一丝阴凉也被抢走了。空气闷得让人窒息，我在睡梦中都能感觉到，汗水像蚂蚁出窝一样，从我的毛孔里逃出来。身子是湿的，席子是湿的，整张床铺都湿黏黏的，像躺在沼泽里。这样恶劣的环境，一个人的睡眠是不深的，处于一种浑浑噩噩、似醒非醒的状态。就在精神涣散的时刻，突然间，小腿肚子的经脉像被人打了结一样，搅在一起，疼得我猝然惊醒，第一反应就是死死地抱住大腿，在床上打起滚来。但是一滚动，却陡然增加了痛苦，就像有人在用锯片锯我的腿，我痛得整个人都痉挛起来，生不如死。

我吓坏了。我从未抽过筋，并不知道发生了什么事情，以为是旧疾恶化，要让我变瘫痪，我吓得魂飞魄散。好在抽筋的时间并不长久，整个痛苦的过程只有十来分钟，等经脉复原后，虽然腿上仍隐隐作痛，但至少可以正常伸屈双腿，能重新入睡。

痛苦的时间每一秒都是漫长的，每次抽筋，都像面临一次严刑拷打，窗外是发电机无情的咆哮，仿佛在朝我逼供，但要我供出什么，我却不知道，只能望着被阳光映得惨白的房间，死死地抱住脚，蜷缩成一团，暗自祈祷痛苦早点过去。

几乎，每个月都会有那么两三次抽筋。我问过很多同事，他们都有这样的经历，但是他们却不以为然，语气麻木地说，抽筋抽多了，也就习惯了，就当是做了一场噩梦，被鬼压床了。

他们对待生活的态度，令我佩服得五体投地，也从此明白了一个道理：痛苦是可以习惯的。

二

经历过苦难的人，一般都会珍惜生活。在我最落拓的时候，星威厂收留了我，让我没有沦落为流浪汉，我应该感恩戴德，爱厂如家才是。然而，我却抱着做一天和尚撞一天钟的心态，只想攒一些钱就从星威厂离职。厂里许多人也像我一样，都是走投无路才进星威厂的，抱着同样的心态。星威厂的离职率很高，毕竟工作环境摆在那里，谁也不愿意把自己的生命浪费在这样一家工厂。大家走的时候，都要丢掉一个多月的工资 —— 因为工厂不同意辞职，只能自己走人。总的来说，工厂也不吃亏。所以，星威厂一年四季都在招工，像命运的中转站。对我们这些打工者而言，有这样的工厂存在，也是一件好事。

和我一起开机的搭档叫汪新福，比我早进厂一周。他混得比我惨，身份证都弄丢了，搞了一张假的身份证进厂。他的真名叫朱仕林，是一个文雅的名字。此外，我还结交了杨馨明、沈开富、范美仙几位朋友。杨馨明情况跟我差不多，沈开富则是被骗到传销组织中被洗劫一空，没脸回家，跑到星威厂当保安。然而，我们都不是最惨的，找工作的失败是暂时性的，不会影响到人生发展。最惨的是范美仙，她进这个厂别无选择。

范美仙来自贵州，其名字出自"貌美如仙"一词。我想是不是她的名字取得太大了，以致遭到老天爷的嫉妒，让她变成了半面人。小时候她摔到了火盆里面，左边半张脸被严重烧伤，下巴都变形了，看起来十分恐怖，像传说中的半面罗刹。另外那半张脸，肤色雪白，轮廓清晰。假如没有烧坏，她肯定是一位清秀可人的姑娘。因为相貌的关系，范美仙内心极其自卑，不敢尝试去别的工厂上班，一直待在星威厂。我进厂的时候，她已经在厂里做了两年多，后来我离厂，她仍在厂里待着，默默地忍受着星威厂黑白颠倒的工作时间与发电机的噪声折磨，将青春押在了廉价的工时上。

我和汪新福性格相似，又同开一台机器，很快就成了铁哥们。跟范美仙倒没有什么来往，后来发生了一件事情，才拉近了我们的距离。

那是六月下旬的一天，夜里十点多钟，车间突然传来一阵撕心裂肺的号叫声，像一头受伤的野兽在咆哮，把车间注塑机的嗡鸣声都压了下去，听起来十分惊悚。

我是个喜欢凑热闹的人，偷偷地离开岗位，想溜去看看发生了什么事情。刚走出机台，便看到苹果朝我走过来——这是一位来自云南的小姑娘，脸蛋圆圆的，两腮的婴儿肥泛着少女的红光，看上去真像一个红苹果，让人恨不得咬上一口——苹果原本红扑扑的脸色此刻却一片苍白，像被削了皮一样，眼神闪烁不定，跳跃出惊恐与不安，她声音哽咽地说，付清雨的手被模具压扁了，流了好多血，好可怕……

付清雨是车间的"上下模"，顾名思义，是专门负责上模具（安装）和下模具（拆卸）的技术工人。我吓了一大跳，尽管心里怀着恐惧，却又按捺不住好奇心，跑过去围观。只见付清雨坐倒在地上，背靠一台注塑机，左手紧紧抓着右手的手腕。他脸上的肌肉扭曲得像被针线缝住了一样，皱得打不开，眼睛和鼻子都揉在了一起，好似一张塑胶做成的面具因为高温而变形了。我看到那只血肉模糊的手掌，被模具压得扁扁的，五个手指连在了一起，像乒乓球拍。因为模具上有顶针和槽道，手掌的皮肉被顶针戳开，鲜血直流，地面上血迹斑斑。

付清雨死死地咬着牙，但仍是疼得受不了，全身抖动，不时发出嗷嗷的叫声，让人联想到动物垂死前的挣扎。一名工友把自己身上的T恤脱下来，绞成一条绳，绑在付清雨的手腕上止血。大约是弄痛了付清雨的手，付清雨又发出巨大的号叫。那声音至今能穿破夜空，混杂着注塑机的嗡鸣声，回荡在我的噩梦里。

事故发生在保安的机台上。保安是一位男同事的绰号，他进厂时做过一段时间的保安工作，后来调到了车间当员工，但大家都习惯叫他保安了，倒忘了其真实姓名。这是一位非常害羞的江西男生，说话声音细小，像蚊子一样细不可闻，从来不敢主动和别人搭话，要是你和他说话，他首先会讪讪一笑，有时还会脸红——我实在想不出来，他当初怎么能应聘上对内又对外的保安职务的。车间的女孩都说，保安比她们还害羞，以后怎么谈女朋友哟！这天晚上，保安开的是一台全自动注塑机，每次开模，他都要隔着玻璃门往机器里瞄一眼，看模具的顶针有没有把产品顶下来，如果没有顶下来，他就开门把产品拿下来，以免发生压模事故。注塑机的门一打开，就会启动感应器，机器便停止运行。注塑机前后各有一扇玻璃门，付清雨在车间巡逻机器，走过保安机台的后门，看到模具打开，但顶针却没有将产品顶下来，保安一个人开机，既要修理产品又要打包装，有时不免忘了看。付清雨于是把后门打开，伸手去拿产品。没想到这台机器后门的感应器是坏掉的，机器没有停止运行，模具像鳄鱼的嘴巴，迅速合上，一瞬间就把付清雨的手掌给压扁了。

当然，这事不能怪保安，造成事故最大的原因是机器故障。厂里有几台注塑机后门的感应器是失灵的，机修工们偷懒，从来没有想过更换，付清雨是新进厂的员工，对每台机器的性能缺失并不了解，因此酿成了事故。事后，一个老员工为了表示自己见过世面，用不屑的语气说，压断个手算什么，当年我在别的工厂上班，还见过机修工的头颅被压爆。那个老员工向我描述残忍的一幕。我听得心惊胆战，不敢想象那种悲惨的场景。

过了几天，汪新福跟我商量，找人借点钱，去医院看望付清雨。当时我们和车间的同事虽然认识，但都不熟，也不知道找谁借钱。找男孩子借钱肯定是不靠谱的，男生都是穷光蛋。找女孩子借钱吧，又拉不下面子。后来，范美仙不知道从谁的口中听说此事，主动跑过来塞了五十块钱给汪新福。我看到她柔软善良的一面，觉得可亲，一下子就拉近了关系，我们三人便经常在一起玩了。

我和汪新福跟付清雨并不熟，去医院探望他，只不过是出于同事之间的人道关怀。那时，我们仍在上夜班，从晚上八点到第二天早上八点，十二个小时的正班，还要加一个小时的班，回到宿舍洗澡洗衣服，要搞到十点多钟才能睡觉，极其辛苦。但是，为了给受伤的付清雨一些心理上的慰藉，我和汪新福顾不上睡觉，去水果店买了一袋葡萄和一箱苹果，朝医院走去。为了省钱，我们是走路过去的，来回花了三个多小时。

付清雨在新安医院做了手术，听先前探望的同事讲，那手术挺复杂的，先将付清雨压扁的手掌上的肉削去，把断了的血管和神经接上，并在碎裂的手骨上镶入钢板；接着，再将肚子剖开，削去肚皮肉，把手掌放到肚皮里面养着。肚子上的皮肉可以生长，如同嫁接般，会让手上的皮肉长起来。一个月后，再做分离手术，将手掌从肚子里取出来，就能恢复手掌的形状。当然，仅仅只是恢复手掌的形状而已，手指的功能基本废掉。

我第一次听说这样的手术，惊得背后一阵冷汗，觉得不可思议。进了医院之后，发现他们并没有骗我，做完手术的付清雨光着上身躺在病床上，看上去很虚弱，他的手和肚子缠在了一起，被厚厚的白色纱布包裹着，连说话的力气都没有。我很担心，万一肠子和手指长在了一起，那可如何是好？我又暗自庆幸（并不是幸灾乐祸）自己没有当上车间的"上下模"，否则说不定悲剧会发生在我身上。

我进星威厂的时候，所在的班次正好缺一名"上下模"技工。车间有二十几台注塑机，但每个班次只配有一名机修工。机修工不光要对付机器，还要安排生产，看管人员，忙得团团转，因此"上下模"除了拆装模具之外，还要协助机修工管理机器，相当于机修工的助理。我新进厂，机修工以为我没有开过注塑机，就把我安排到一台自动生产的小型注塑机上工作，算是熟悉一下产品。但那台机器的模具老是坏，因为夜班没有"上下模"，机修工忙着修别的机器，没时间理我。我一时无聊，就动手把模具拆了下来。我在打火机厂的注塑车间待了一两年，从机修工那里学到了一些简单的模具安装知识，拆装模具没有问题。机修工见状，甚是好奇，问我以前是不是做过"上下模"。我没有做过，却耍了个心眼，顺水推舟说做过一阵子。我当然想做"上下模"，那可是个好职位，不仅可以学会修模具，还可以学会修机器，做个一两年，再跑去别的工厂应聘机修工职位，这辈子就翻身了。机修工于是决定考核我，如果我的功夫到位，就把我往上调一级。

第二天，有一台机器需要更换模具，机修工就让我顶上。那是一套大模具，我换了一个多小时还没有搞定。一般的熟手，半个小时就能完成，加上装冷却水，最多五十分钟。我虽然勉强装好了模具，却不知道怎么装冷却水。一个模具的冷却水管少则七八个接口，多则二十几个，我没有学过物理，不知其中原理，想不通哪个是出水口哪个是进水口。总之，装得一塌糊涂，无法通过考核。但我仍不死心，盼望工厂招不到"上下模"，这样厂里不得不考虑从员工里面挑一个出来培养，而我有些基础知识，肯定会被优先选用。

很快，我的梦想落空了，没过几天，付清雨就进厂了，成了我们班次的"上下模"。当时我挺恼恨付清雨的，觉得他的到来影响了我的工作发展，破坏了我的人生计划。那时我真是太想当一名模具技工了，东莞号称"世界工厂"，大大小小的注塑厂成千上万，如能学到一技之长，出去便能端上好饭碗，以后衣食无忧。然而，我从未想过，做模具技工也会有生命风险。付清雨上班才半个月，手掌就被模具压扁了。假如付清雨没有出现，厂里从员工中挑"上下模"的人选，而我真的有幸当上，说不定倒霉的人是我。我也不知道哪台机器的后门感应器是坏掉的，那些坏掉的感应器就像潜伏在命运里的杀手，冷不防就夺掉一个人的手掌，甚至是一条命。我不敢想象自己的右手被模具压扁的样子，从此之后不要说用电脑，就连筷子都抓不稳，那是怎样的噩梦！对于一个靠双手打拼的普通人而言，废掉一只手掌，就像鸟儿折掉一只翅膀，这辈子肯定毁了。

三

我在倒闭的工厂里面徘徊，企图在黑暗中寻找那些消失的人和事。可是，他们早已淹没在时光的废墟中，就像废弃的工厂一样，即使进入了内部，所能寻找的，不过是蛛丝马迹。

后来，我打开手机的电筒，借着微弱的光，穿过车间，走到后面的宿舍区，看了曾经的饭堂、宿舍、冲凉房，还有曾经令人痛恨不已的发电房。三个发电机赫然还在，不用灯光照明，它们的模样已然被记忆擦亮，黑黝黝的躯体一如既往地卧在地上，散发出苍老的气息，像死去的牦牛。曾经，它们发出来的咆哮声令我一度发狂，恨不得往它的油箱里面加水，将它们置于死地。现在，终于不用我下手，它们死在了这个无人问津的角落里。可是，我的内心却感到莫名的沮丧，这样一团铁做的东西，最终也无法抵挡命运的暗算。不知道我的命运里是否有比铁更坚硬的东西。

从工厂出来，我的朋友们正在夜宵店的门口吹牛，准备作鸟兽散。看到我从工厂走出来，都吃了一惊，他们以为我为了逃避喝酒，提早开溜了。他们扯住我，问我去哪里了。我说钻到厂房里面找洗手间，迷路了。他们并不相信，说你在里面钻了一个多小时，鬼打墙了吧？我说可能是。看到我一副镇定的样子，而且酒也醒了，他们愈加好奇，问我到底去了哪里？我指着墙体上"星威塑胶制品厂"那几个字，说我以前在这个厂做过，还交了女朋友，刚才进去怀念往事了。这么一说，他们倒是相信了，纷纷问我曾经的女朋友长相如何，现在是否还有联系。我不置可否地笑了笑。

其实，我也不知道范美仙算不算我女朋友。我的相册里面至今保存着她的两张照片，那是当年感情最要好的时

候，她送给我留念的。一张艺术照，照出半张完好无损的

候，她送给我留念的。一张艺术照，照出半张完好无损的右脸。她用双手托着下巴，掩住了伤疤，眼神很清澈，有着少女的温柔与梦幻。另外一张则是毫无遮掩的正面照，能清楚地看到她被烧坏的左脸，像一块千年的硅化石。每次看到她的照片，我心中便有了深深的同情与怀念。然而，这个令我怜悯的人，在星威厂的时候，却给了我极大的温暖。

我和汪新福、范美仙成为好朋友之后，没事就在一起聊天说笑。后来，不知道范美仙对我俩中的谁动了心思，竟然旷工了一个晚上。她回到宿舍，用"削批锋"的刀片，在自己左手的腕背上割了三刀，刀片都吃进去了，鲜血淋淋。她是厂里公认的好员工，乖巧听话，从不旷工。她的一位老乡心里好奇，趁着吃夜宵的时间，回宿舍看她，看到她手背上鲜血淋淋，顿时吓傻了。这个情窦初开的女孩爱上了一个男孩，因为自卑，却又克制不住内心的爱恋，因此自残，企图用手上的痛，转移内心的痛。刚开始，我以为是汪新福伤了她的心，因为我们在一起聊天说笑，范美仙经常动手去打汪新福，看上去很亲密。汪新福因此深深自责，第二天专程去向范美仙道歉，具体说了什么我不知道，我只是看到范美仙朝我瞥来一眼，随后眼泪就落了下来。我一直忘不了她落泪的那一幕，眼睛亮晶晶的，仿佛一颗宝石正在融化，泪珠像光芒一样夺目而出，一颗一颗地顺着她的脸蛋落下来。她那半边烧坏的脸，像被岁月

雕刻的褐色岩石，有一层一层的褶皱，泪珠在上面停留许久才落了下来。

半个月后，范美仙的情绪稳定了，才跟汪新福说，她喜欢的人不是他。汪新福这才松了一口气，抓着我大骂一顿。此事之后，范美仙不再向任何人表露任何心迹。何况她半边脸烧坏，也很难看出她的表情，所以我们三人仍像铁哥们，一起没心没肺地玩耍。但我知道，我们是藏了心事的。

星威厂也令人讨厌，只有冬天才供应热水，夏天只能洗冷水澡。进厂没多久，我的风湿病又犯了。厂里要押一个月的工资，我得等两个月后才能拿到第一笔钱。没钱买药，只好厚着脸皮找范美仙借。那时借钱并不像现在是整百借的，因为穷怕了，又想着人家赚钱也不容易，因此不敢开大口，都是十块二十块地借，只能买廉价药吃。我买的是"保泰松"和"强的松"，这两款药小时候吃过，很便宜，药店的药剂师说，此药副作用极大，现在国家开始禁销了，让我悠着点吃。我只想早点治好病，哪里管那么多，吃了半个月后，脸上就浮肿起来，像患了水肿病一样，五官变形，看上去惨不忍睹，一时遭到许多同事嘲笑，几乎无脸见人。

我糟糕的情绪是从吃药开始的。旧疾复发，内心隐藏的绝望也被激活了，就像一个神经脆弱的人受到了刺激。每天起床，从镜子里看着自己变形的脸，仿佛命运也跟着变形，心里不禁涌出一股悲凉，甚至有了厌倦生命的念头。我不知道这样活着有什么意思，小时候因为练武功扭伤腰骨，成了瘸子，在多年的治病生涯中，幼小的心灵因无法承受痛苦而蓄满了绝望。出来务工，以为通过打工可以改变命运，可是没想到迎来的却是灰暗的前程；我以为到大城市找工作，就能挣脱命运的枷锁，没想到迎接我的仍是苦难。那些看不到尽头的苦难，一层一层地剥蚀着内心的尊严，巨大的落差摧毁了我的信念，心里那股豪情早已灰飞烟灭。我像一只发瘟的公鸡，没有了斗志，只留下迷茫与惶惑。

那段时间，我像患上了抑郁症，忧伤无处不在，看着注塑机的模具一张一合，发出嗡嗡声，总感觉像怪兽，仿佛要吞噬什么，一只手或一个头颅。整个车间弥漫着一股刺鼻的塑胶臭味，那也是一股不祥的气息。空气中飘浮着像雾气一样的胶料粉尘，也不知道这些东西是否有毒。总之，每天要在这样闭塞的空间里生活十二小时，与慢性自杀毫无差别，令人无比压抑。回宿舍之后，也不能有片刻的安宁，发电机的咆哮依旧无情，还有像猪食般难以下咽的饭菜，闷不透气的宿舍，以及每个月的抽筋，一切的一切，皆令人感到绝望。

上夜班，凌晨四五点钟最是难熬，必须要用冷水洗脸，才能撑得过去。我每次跑到门口的水池边，洗完脸之后，趁着这一会的清醒，总要靠在水槽边上，睁着疲惫的双眼仰望夜空，想看看黎明何时会降临，什么时候我才有出头之日。

漫长夜晚带来的只有黑暗，天空没有答案。我心里愈加彷徨，不知道出来打工意味着什么，难道只是为了尝尽人生的苦难吗？我少年时被病痛折磨了七年，已经咽下许多苦楚，如果打工仍是吃苦，那么活着究竟为了什么？我又想到了自己只是小学毕业，身患顽疾，且无一技之长，就算从星威厂出去，未来的前途仍是一片渺茫，毫无希望可言。我没有任何能力改变命运，纵然离开星威厂，也不过是换一家工厂受苦。人生如此，生有何欢？

范美仙是个敏感的姑娘，她从小烧坏脸，所经历的心灵折磨要比我苦得多。很快，她看出了我消极的情绪，对我格外关心，没事便来找我聊天，问我怎么回事。

有一天下班，我和她去散步，终于将自己的苦恼与困惑告诉了她，并说了心中的绝望。她沉默了许久，才说："我小时候脸被烧坏，一直被人当成怪物，总有想死的念头，后来看到电视上有整容的新闻，才放下了自杀的想法。我这辈子绝不能就这样死去，我要赚钱去整容，这是我这辈子最大的心愿，也是我活着的唯一目标。可是以我在星威厂的工资，每个月几百块钱，做到死也没钱去整容，我比你还绝望。不过我已经调整好心态，现在自学英语，每天都花一两个小时背单词，以后做网上外贸，看能不能改变自己的命运。你应该规划一下未来，不要因为眼前的一点困难就被打倒了，你才二十岁，得好好活着。”

听她这么说，我心情好了一些，但仍不能清除内心的困惑与迷茫。一个没有方向感的人，是不可能走出命运低谷的，我没有奋斗的目标，虽然一直有当作家的梦想，但在残酷的现实面前，不接地气的念头如同天上的月亮一样触不可及。

范美仙为了开导我，那段时间跟我走得很近，除了陪我去散步，有时还会带我去看电影。也正是如此，厂里人皆以为我俩相恋了，纷纷祝福我们。我没有说什么，她也没说什么，仿佛心灵相通，一切尽在不言中。

那时我们喜欢去影碟店看电影，沉浸在电影的情节中，以此抵挡现实的烦恼。看电影也不贵，简陋的铁皮房，一张影碟三块钱，看两张则是五块钱。我俩坐在一张小沙发上，紧紧挨着。当时，我的风湿病仍在作祟，走路有些瘸，像打摆子一样；睡觉翻身也会隐隐作痛，像有针扎在骨头里面。病人是有依赖心理的，某个时刻，我会陷入幻想，实在不行娶范美仙为妻算了，反正我身患疾病，且无一技之长，这辈子看起来也没有什么作为了。范美仙贤惠能干，又那么体贴，和她一起风雨同舟，也是不错的选择。

这样的念头动过几次，但每次看到她那半张烧坏的脸，心里仍是缺少真正的勇气。我不敢想象带她回到家乡，家里人和寨里人会怎么想。世俗的观念，让我原本单纯的心灵蒙上了一层灰，我痛恨自己软弱的同时，也加深了对人生无奈的感慨。

八月中旬，付清雨从医院回来了。他的右手废掉了，不能再工作，厂里赔给他七万多块钱，将他打发走了。那时候根据工伤级别，一只手掌的伤残只能赔这么多，付清雨纵然有怨，也是无可奈何的。

出厂的时候，付清雨跟我们告别。他住院时我和汪新福去看过他，他记在心里，特意跟我们握了手。我握着他那只硬邦邦的右手，没有温度，像握住一只硅胶做成的假手，心里不由得一阵悲凉。我问他出厂后做什么，他一脸无奈地说，准备拿厂里的赔偿金开个小卖部，用来以后养老。他只比我大两岁，没想到竟然开始计划养老了。但那是没办法的事情，一只手废掉了，还能做什么？范美仙站在我身边，意味深长地望了我一眼，我知道她的意思，她想告诉我，付清雨的人生比我悲惨多了，但还没有放弃对人生的追求。

九月上旬，我拿到七月份的工资，义无反顾地离开了星威厂。我也不知道接下来要做什么，只是不想待在星威厂了，想找一个轻松一点的工作，至少不用上夜班，换一下心情。

白露时节已经过去，闷热的南方也开始降温，不再像个火炉。早晨的时候，城市弥漫着淡淡的秋雾，天空看起来有些灰暗。我拎着依旧单薄的行李从星威厂出来，感觉像出狱一样。我想起了家乡，这个时候秋风乍起，凉风习习，是个惬意的时节。江里的鱼儿也该肥了，是个捕鱼的好时机。我想回家，但又不能回去，因为身上只有那么一点钱，回家一趟，又要找家里拿钱才能出来打工，传到寨里肯定会被笑话的，不如将就在城里混着吧。

我没有文凭，没有技术，且身患顽疾干不了重活，找工作特别困难。仿佛老天也有意作怪，设了一道又一道的卡，好一点的大厂只招女工，连门都挨不上；一般的工厂倒是招男工，但要求初中毕业，并且需要考试才能进去。路边倒是有很多中介公司，但听汪新福说过，很多是骗人的，他曾经被骗过，身份证都弄丢了，所以我也不敢拿身上那点钱去找中介公司。

一连几天，我的腿都走瘸了，工作仍无下落。我窝在临时出租房，心里日渐迷茫，不安的情绪蔓延了全身。

一天夜里，范美仙来找我。她八点钟下班，洗完澡，走路过来已是九点半。临时出租房十五块钱一天，空间极窄，一张床便把房间塞得满满的。我和她坐在床边聊天，身子挨得很近，就像当初在影碟店里坐在小沙发上一样。她烧坏的是左脸，每次和我挨着坐，她都是坐在我的左边，我若是转头看她，看到的是她完好的右脸。

我忘了那天晚上聊天的内容，只记得她洗过澡，头发也是刚洗的，全身散发着一股迷人的清香味。那是少女的芬芳吧，在逼仄的出租房里弥漫，令人感到心情舒畅，却又一阵眩晕。我的心怦怦直跳，不敢看她，低下头，看到她的左手捏着自己的衣角，手腕上有三条很深的疤痕。

这年我二十岁，血气方刚，一股蠢蠢欲动之情覆盖了心中那股因为找不到工作而惶惑不安的情绪。我想把手搭在范美仙的肩膀上，让她依偎在我怀里。可是我不敢。我的手仿佛也被模具压坏了，僵硬地放在自己的大腿上，无法抬起来。

范美仙也感觉到空气中荡漾着情丝，像藕丝一样缠绕在我们四周，空气变得稀薄起来，我们的呼吸开始变沉重。她说话的声音很温柔，我要把头低下来，把耳朵凑过去才能听得清楚。我看到她那半边俏脸，泛着淡淡的红晕，像上了妆一样。我想，要是她另外半张脸也有这么好看就好了。这样一想，她那半张毁容的脸便在我的脑海中浮现出来。我的心在这样两张不同的脸上徘徊、交替、纠结、犹豫，像钟摆一样晃动。

过了许久，范美仙幽幽地叹了一口气，说时间太晚了，她要回去了，否则厂里关门就进不去。我想把她留下来，再聊一会天，但想着再怎么聊，似乎都不能跨过心中那道坎。这道坎不是上天给我设的，而是我的无知与懦弱堆积起来的。

她站起来，往外走，我只得怅惘地跟在她身后。

送她下楼，就在出租楼的门口分别。她看着我，叫我不要想太多，好好找工作，有困难就跟她讲。我很是感动，不敢看她的眼睛，心虚地点了点头。她转身走了，我望着她婀娜的背影，愣愣地发呆。她头上扎着高高的马尾，大约知道我会目送她，因此把头发甩了甩，让马尾晃动起来，显得青春活泼。

那一刻真美好，就像我和她一同看过的某部电影里面的场景一样。我竟有些痴迷，想叫住她，但是张开嘴巴，却不知道要说什么，只是怔怔地看着她的背影渐行渐远，终于消失在巷子的拐角处。

第七章

一

从星威厂离职，我在附近的工业区兜兜转转了好多天，钱花得差不多了，才终于在一家名为"龙记"的火锅店面试上服务员。

龙记火锅位于长安镇莲花小筑的大门口。莲花小筑是别墅区，门口有一片几百平方米的绿化园，开发商觉得浪费，就用钢架铁皮在绿化园上面建了一个长方形铺面，与大门口的第一栋别墅连接起来，做成了饭店格局。长方形铺面是大厅，可以摆下 20 张桌子；别墅一楼的客厅和卧室改成了两间包房，车库则改成了厨房；二楼是总经理办公室和厨师的宿舍；三楼是顶层，原本有两间观光房和一大一小两个阳台，大阳台被改建成铁皮房，隔出了三个小房间。女服务员和收银员住在观光房，男服务员则挤在铁皮房。铁皮房呈斜坡式，进门时有两米多高，但是斜得厉害，走两步就能顶到头，走到床尾处只有一米多高了，一不小心就要碰头，很难受。

我住在铁皮房最里面一间。铁皮房没有隔层，下雨像打鼓，噪声大得让人抓狂；晴天呢，太阳一晒，狭窄的空间闷得像烤炉，而且没有风扇，热起来相当难受。幸好那时已经是九月下旬，白天阳光闷热，到了夜里空气稍微清凉下来，倒是能挨得过去。因为房间小得可怜，我们的衣服没有什么衣柜存放，就直接挂在铁皮顶的钢架上，裤子、T 恤、衬衫、毛巾、袜子等挂满了钢架。每间铁皮房住几个人，房顶本来就矮，再挂上这么多衣物，简直像个难民窝，进去的时候必须弓着腰，穿过花花绿绿的裤衩，才能摸索上床。遇到下雨时没地方晾衣服，我们把湿漉漉的衣服挂在房间里阴干，整个房间就散发出一股霉潮味。

刚入职时，火锅店正在装修，没有开业。说起来，我还是第一个面试者，门口刚贴出招聘启事，凑巧被我撞上了。那时店里还没有大堂经理，由总经理直接面试我。总经理姓徐，东北抚顺人，一九八二年出生，只比我大两岁，长得高挑漂亮，神色间仍带着少女的天真与梦幻，根本不像做生意的，倒像一个模特。

我是第一个被聘用的服务员，进去之后要做一些事情，例如打扫宿舍，安装床铺，清理马桶等。做这些事情并没有工资拿，因为徐总说了，要等火锅店正式开业之后，才开始算工钱。但我没有计较那么多，反正闲着也无聊，就把里里外外的杂事给包揽了，有时夜里还去装修的店铺里面睡觉，帮忙看守东西。徐总觉得我是个勤劳踏实的人，一个多月后，火锅店开张，就把我调到吧台里面当水吧员。

我能当上水吧员，除了做事勤快之外，也是因祸得福。刚进火锅店时，没有热水器，我只能用冷水洗澡，惹得旧病复发。因没钱买药吃，腰腿疼痛，走路有些瘸，虽然不是特别明显，但是一眼就能看得出来。后来，徐总招来一位大堂经理培训新员工，在练习端盘子的时候，大堂经理发现我走路特别难看，两只脚不平，一高一低的，像打摆子一样。这怎么能做服务员？做传菜员都不行，会影响饭店的整体形象。

大堂经理皱起了眉头，私下找徐总商量。我很担心饭店还没有开张就被赶走，提心吊胆了好几天，接到的竟然不是坏消息，而是好消息，徐总决定把我调到吧台当水吧员。水吧员在吧台里面做事，不需要出来服务客人，就算瘸腿，也不影响饭店的形象。

水吧员的工作是卖酒水饮料，还有切水果拼盘。除了卖酒，还要调酒。不是调鸡尾酒，只是勾兑普通的酒水，例如红酒调雪碧加冰块，洋酒调红茶加柠檬，白酒加话梅或兑红牛。我哪里懂得这些门道，连洋酒长啥样，跟红酒有什么区别，都完全不知道。而切果盘，也不是用刀子随便切，往盘子里一装就完事了，真正的水果拼盘，是要切出花样来的，什么孔雀开屏、龙凤呈祥、一帆风顺之类的，甚至在水果表面刻一些花纹图案。出来打工这些年，我连水果都没吃过几次，削果皮都不会，让我切水果拼盘，搞不好会把手指给切了。因此，水吧员的工作对我来说是完全陌生的，要不是饭店开业在即，一时招不到水吧员，徐总也不会让我顶上。

为了照顾我，徐总把大堂经理和后厨老大找来谈话，切水果拼盘的活儿交给后厨（吃完饭，每桌都要上一盘水果拼盘，不像现在单一的西瓜或橙子，必须要有几种水果混搭，摆出花样来才算对客户尊重），而调酒的活儿，就交给大堂的领班。领班都是有经验的人，普通酒水勾兑，她们能应付过来。最终，我的主要工作就是卖酒水饮料，还有保管和清洗喝酒的高脚杯及扎壶，简直是整个饭店里面最清闲最好玩的一份工作了。

二

如今，水吧员这个职务在饭店基本消失了。一般的餐厅，水果事先切好，和小食一同摆在自助区，客人免费享用。而客人要喝什么酒，服务员下了单，顺手就去拿。总之，没人愿意养水吧员这号闲人。

我在火锅店上班时，水吧员还是一个颇受老板器重的职位，除了日常的酒水售卖，还要负责采购和做账，供应商的月结时间到了，要拿对账单去找总经理申请货款。香烟、白酒、饮料由批发店供应，啤酒则由厂家直销店供应。那时市场竞争势力最大的是金威、青岛、珠江三款啤酒，他们会派小妹过来进行促销，这些小妹也都归我管。

小妹们长得都很漂亮，能说会道，打情骂俏，把客人哄得眉开眼笑。她们是靠卖酒水拿提成的，为了多卖些酒出去，有时也会逢场作戏，敢跟客人喝交杯酒。小妹们都是见过世面的，而我当时不过是一个毛头小子，她们不时调戏我，有时私底下会找我撒娇，希望能得到我的关照，给她的啤酒做专场。可那时我太单纯了，并不懂得这些风月情调，也不知道私底下的一些潜规则。

啤酒业务员经常来找我，洽谈专场的事情。专场就是单卖一个牌子的啤酒，例如给青岛啤酒做专场，青岛啤酒的批发价就便宜一些，并以赠送啤酒的方式吸引客人。许多饭店打出"某啤酒买三送一"或"消费满多少金额赠送某啤酒"之类的广告，就是给这个牌子的啤酒做专场。我喜欢看到一群花枝招展的啤酒小妹在我的面前晃荡，找我撒娇，如果做啤酒专场，只能看到一枝花儿在我眼前摇曳，多少缺些意思。出于私心，我拒绝了专场的诱惑。

白酒小妹也经常来串场。白酒小妹的数量没有啤酒小妹多，她们都是以串场方式来推销酒的，哪个饭店生意好，她们就去哪个饭店打转。白酒小妹也跟客人打情骂俏，但从不跟客人喝酒，因为白酒后劲大，女孩子喝了容易迷糊。其中一位白酒小妹是安徽的，推销皖酒王，不知为何，她

162

总想把她的妹妹介绍给我做女朋友。她的妹妹在一家工厂上班，当助理，她将妹妹的照片带来给我看，长得还蛮漂亮的。不过我并不感兴趣，那时的我内心正急剧膨胀，精神上已经有些飘飘然了。

水吧员跟大堂经理一样，要穿西装打领带。我清癯，高瘦，量身定做的西装穿在身上，不说身材挺拔，至少有点人模狗样，焕发出一股精气神。换了一副马甲，我就有些不知天高地厚了，当时觉得这些小妹已经配不上我。

吧台里面只有两个人工作，一个是我，一个是收银员。收银员姓贾，也是一九八二年的，跟徐总是发小。我和贾姐关系好，也跟徐总亲近，可以说，我在火锅店的日子称心如意。

尽管内心意气风发，但做事上我仍小心谨慎，并没有失去分寸。我很珍惜这份来之不易的工作，为了感恩徐总对我的特殊关照，我也尽可能一切为她着想。当时古绵纯白酒搞促销，买一箱酒，里面有十二罐可乐，是赠送的，只有我知道里面的玄机，如果我把十二罐可乐拿到宿舍喝，根本没人能知道。但我还是如实地汇报出来，并记账放到冰箱里卖。还有啤酒搞促销，买三箱送一箱，送的一箱啤酒并不入账，我完全可以联手啤酒业务员，从中转化为钱。一箱啤酒也值几十块钱呢，火锅店的啤酒好卖，这些都可以成为个人的灰色收入。但我从来没有想过动手脚，徐总对我有知遇之恩，无论如何我都不能背叛她。

也正是这样，徐总把我当心腹看。就连周董也对我的为人很认可。周董是香港人，看上去四十多岁的样子，个子不高，偏胖，脸圆圆的，下巴丰满，很敦厚，有点弥勒佛的味道。收银员贾姐私下跟我讲过，饭店从楼面转让到重新装修，再到购买大堂和厨房的各种物资，花了两百多万元，加上后期的运营，估计不下三百万元。以徐总一位二十出头的姑娘一己之力，当然盘不下这么大的店，真正的幕后老板是周董。

周董为人低调，一个月就来几次饭店，每次过来，就坐在吧台里面喝茶。他到底是做什么生意的，家世如何，我无从晓得，只知道他还是港台商会的秘书长，因此跟许多台资和港资企业家走得近。饭店开业时，生意火爆，这些企业家和高管都来捧场。

我是老板身边的红人，大堂经理和领班都敬让我三分。不过，我并没有摆出一副"小人得志"的样子，与这些管理层，包括厨房的大厨们关系都搞得很好。虽然我是水吧员，但仍跟服务员一起住在狭窄逼仄的铁皮房，因此跟服务员的关系也好。总之，整个饭店的人都喜欢我，有两个女服务员偷偷向我表白。其中一个是四川妹子，当时才十七岁，刚从中专艺校出来实习，单纯善良，人也长得秀气，唱歌很好听。她原本是想找个酒吧当驻唱的，却不知道怎么跑来火锅店当服务员了。可惜我不知道珍惜，也没有什么坏的念想。那时，我对女孩的追求有了另外一个高标准，也可以说是一种幻想：我要娶一位本地姑娘做老婆，从此过上美好的生活。

萌生这个不切实际的想法，与一个人有关。这人叫李玉龙，本地人，他信誓旦旦地说要介绍一位本地富商的女儿给我，包管我这辈子过得潇洒快活。他的话，让我对当时触手可得的爱情视若不见，一心只想着攀上"金枝玉叶"，改变自己的人生。

李玉龙是搞走私生意的。也不能说走私，更贴切一些，他是个水货商人，专门从香港拿货到内地卖。新世纪初，能到香港走水货，那不是简单的人，身后肯定有着复杂的关系背景。

因为周董的人脉关系，到火锅店吃饭的大多是港台商人，他们喜欢抽三个五和万宝路之类的烟，喜欢喝洋酒。这些洋烟洋酒大陆没有卖的，只能通过私人渠道获取。徐总四处打听，周董也动用了关系，并没有搞到这种货源渠道，时常引以为憾。

饭店开业两个多月，我已经完全熟悉并掌握了吧台的工作，同时也得到了贾姐的信任与徐总的赞赏。我对这样的日子感到心满意足，一个小小的吧台，成了人生奋斗的地盘。每天下午两点到五点钟，饭店进入午休，那是我最喜欢的时间段，没有客人上门，我可以在吧台里面一门心思写作，为梦想而奋斗。

我一直没有忘记当作家的梦想。这个梦想穿过漫长而艰苦的岁月仍令我念念不忘，如同人生信念般融入了血液里。只要一闲下来，我就会拿起纸笔，写下一些小说构思或者日记。

饭店上班只有几个小时的忙碌时间，中午十二点到下午两点，晚上六点到八点，相比工厂永无止境的流水线，确实要轻松许多。水吧员更是清闲，既不要洗菜备餐，也不需要摆桌拖地，就拿一块湿布抹一下台面而已。每天午后休业，饭店大堂只留一名待客的服务员，其余的人都去休息了。这是一个无人看管的时刻，服务员也不必站在门口枯守，可以坐在门口，趴在桌上休息。

吧台只有我和贾姐两人，因为内有烟酒物品，还要接听订餐的电话，需要轮流值班。大多数时候，我都是主动要求值班，一来可以讨贾姐的欢心，二来当然是为了写小说。那时，我以写短篇的爱情小说为主，想投《江门文艺》《佛山文艺》之类的刊物。

一天下午三点多钟，服务员趴在桌子上睡着了，饭店静悄悄的，吧台边上的冰柜底部的压缩机发出低低的嗡鸣声，仿佛底下藏了一窝蛐蛐儿。冰柜上面放着一盏诱虫灯，蚊子苍蝇等飞虫被那缕幽幽的蓝光诱导，飞扑过去，被灯罩边上的电网击中，发出啪的一声。时间就在生命的逝去中悄然流失。我心无旁骛地挥着钢笔，在笔记本上书写自己天真的梦想。这时，一个小伙子推开饭店的玻璃门，径直朝吧台走来。

小伙子身穿西装，手提公文包，一看就是跑业务的。每隔几天，总会有一些酒商或批发店的业务员来找我，希望合作。还有一些广告公司的业务员，问我需不需要制作传单与优惠券之类的东西，已经司空见惯了。这小伙子个头不高，一米六五左右，瘦瘦的，剪着短发，看上去倒也精神。他站在吧台前，并不吭声，从口袋掏出一包烟，递给我一根，算是打招呼。我摇头拒绝。他竟也不客气，把烟叼在嘴里，从口袋掏出一个铜制打火机，一甩手，哐啷一声，打火机盖子掀开，火苗蹿出来，很像港片里面那些耍酷的老大。

小伙子自顾着抽烟，把烟灰弹在吧台的烟灰缸里，那漫不经心的样子，一看就是老江湖。我从来没有见过这样傲慢的业务员，以前，不管是酒商还是广告业务员，一上来就是先问好，然后浮着笑脸，客客气气递上名片，一副恭敬的样子。这小伙子也不知道是干什么的，不报家门也不递名片，只顾着悠悠地抽烟，一双不安分的眼睛骨碌碌转动，毫不客气地打量着酒柜上面的摆设，然后才把目光落在我身上。

他冒昧上门，打断了我的写作，已令我心里很不爽，再看他漫不经心的样子，我心里更是有气。但毕竟经过严格的礼仪培训，来者是客，我并未露出厌倦的神色，只是冷笑一声，看他玩什么花样。

小伙子抽了半根烟，才突兀地问了我一句："你是老外吗？"

在饭店上班，要剪短发，因为我额头大，脸长，眼窝深，鼻子挺，加上瘦，看起来有些像混血。我说不是。他问我是哪里的，我说广西的。他"哦"了一声，广西的，会讲白话吗？我摇头说不会。他问，你这里有三个五的烟卖吗？我摇头说没有。他看着我背后的酒柜又问，你们怎么没有洋酒卖？我已经相当不耐烦了，说洋酒（正规渠道拿货）太贵了，卖不出去。他说，我有便宜的洋酒，还有三个五和万宝路，听说你们这个店有很多台湾人和香港人吃饭，应该用得到。一边说一边掏名片递给我。我看了名片，上面写着李玉龙，职务是港嘉超市业务主管。

就这样，我认识了李玉龙，并且从他那里进了一些洋烟洋酒。来店里吃饭的港台商人居多，销量还不错。李玉龙于是经常来找我玩，没事就请我出去吃夜宵。接触多了，我对他有了一些了解，他是本地人，父母在咸西村莲花苑的小区门口开了一家超市，因为有走水货的渠道，超市里面有不少港货卖，深受本地人喜爱。

李玉龙给我取了个绰号，叫"鬼佬"。火锅店不做夜宵，每天晚上九点钟准时打烊，打扫半个小时的卫生，九点半下班，一直到第二天的上午十一点钟才上班。这样的工作时间让人可以睡懒觉，晚上像夜猫子一样去外面鬼混也无妨。那时东莞还没有禁摩托车，夜里十点多钟，李玉龙开着一辆超大排气筒的摩托车来接我去玩。那摩托车的引擎声很大，咆哮过街，引人侧目。

刚开始接触，李玉龙很含蓄，就带我去烧烤摊喝小酒，然后唱歌。那时量贩式 KTV 还没有兴起，只有夜总会或娱乐城才有专门唱歌的包间，但消费特别贵，一般人消费不起。普通人想唱歌，就在街头的唱吧。唱吧非常简陋，装一套音响设备，放几张桌子，上面放一些纸条，想唱什么歌，就写上歌名与桌子编号，撕下来给老板。一首歌一块钱，每张桌子一次只能唱三首歌，循环轮转。还没轮到唱歌的桌子，就在那里玩骰子喝酒，听别人唱歌。那时还没有电脑点歌，仍用 DVD 播放，有时某张歌碟里的歌比较受人欢迎，放的次数多了，就会卡，卡得唱歌的人很尴尬。我虽然五音不全，但喝了酒之后，也喜欢吼上几嗓子。

玩了一段时间，混熟之后，李玉龙对我的性格与人生背景有了一定了解，就带我去夜总会潇洒。我喜欢去夜总会的迪厅玩耍，不仅可以跳舞，还可以看歌手演出，舞台上 DJ 穿着比基尼疯狂地打碟，音乐像抽筋一样，咯吱咯吱的，让人听得也想"抽筋"，忍不住要扭动一下身子。夜越深，迪厅的节目就越多，美女跳钢管舞，模特走秀，有时还会请到香港三线的女艳星来助阵。我以前不喜欢跳舞，觉得甩头扭屁股特傻，像个二百五。但那是因为没有喝酒，脑子太清醒了。喝了酒却不一样，酒壮尿人胆，在酒精和迪斯科音乐的刺激下，全身细胞亢奋，到舞池里摇头晃脑扭屁股便觉得很爽快，也十分刺激。

舞池里面有很多美女，她们穿得相当暴露，跳起舞来性感无比，让人看得心神澎湃。这些美女大多是迪厅请来热场子的，有些喝酒很厉害，故意陪酒，增加客人的消费。她们都很开放，也懂得调戏客人，有时会与你跳贴面舞，比赛谁跳得更嗨；或是背对着你，用饱满的屁股蹭着你的大腿；甚至双手搭在你的肩膀上，胸脯一耸一耸的，把秀发甩到你的脸上，让你闻她秀发上的香水味。舞池里有雾气，五颜六色的灯光因为雾气的萦绕，渗透了欲望，显得更加暧昧，让人只想放纵，恨不得一直搂着舞娘跳到天亮。只要有钱，这些舞娘当然也会满足客人的要求。

以前和李玉龙吃烧烤喝小酒，礼尚往来，我时不时会买单，到夜总会的迪厅之后，消费全都由李玉龙买单。里面酒水贵，一次就抵得上我一个月的工资，我哪里扛得住。我这人不喜欢欠人情，虽然觉得迪厅好玩，但去了几次之后，看到消费这么高，就不敢去了。李玉龙却热情不减，再三邀请，说是要和我交朋友，也没有别的意思。他又说他喜欢去这些地方玩，一个人无聊，让我陪他去，好歹有个伴。他说得恳切，把我的心磨得痒痒的，后来又去了几次。被灯红酒绿的夜生活影响，不免起了贪恋红尘之意，觉得一个人若是能天天过这样的日子，那比神仙还快活。

有一次跳完舞，回到卡座上喝酒。借着兴奋，我俩一口气干了三杯啤酒。李玉龙搭着我的肩膀问我一个月有多少收入。我和他认识一个多月了，他第一次问起这个私人的话题。我当时有些困窘，勉为其难地说六百元一个月。李玉龙露出惊讶的表情，用一种不敢相信的语气说，你长这么帅，又当吧台员，一个月才那么一点工资，还没有人家工厂仔多呢！我愈加尴尬，不知道要说什么。他脸上突然露出一丝诡异的笑容，低声问我，你想不想赚大钱？我以为他要带我去走水货，毫不犹豫地说，当然想！李玉龙随手指着隔壁卡座上一个男人说，他一个晚上的收入，比你三个月还多！那男人穿西装打领带，看上去跟我一样，像一名吧台的工作人员。男人坐在一张小卡座上独自喝酒，眼睛时不时四处张望，像等什么人。我好奇地问李玉龙，你怎么知道？李玉龙说，你看到他面前放的烟盒子没有？我看了一眼，那人面前放了一杯啤酒，酒杯边上放了一包烟，烟是竖起来的，上面放了一个打火机。难道这里暗藏玄机？李玉龙哼了一声，这人是做小白脸的。

奥秘就在于此：一些特殊的夜总会或娱乐场所的酒吧里面，只要把烟盒子竖起来，上面放一个打火机，就是把招牌亮出来，表明小白脸的身份。要是有女人过来搭讪，说帅哥，给根烟我抽呗！这是行业暗号，来问价钱的。小白脸从烟盒子里面掏出两根烟，递给女人。两根烟表示两千块钱一晚上。女人把烟接过来，如果同意就把烟收下，如果不同意，则递一根烟给小白脸，只留一根在手上，代表一千块钱一晚。小白脸如果同意，就把打火机打亮，帮女人点烟，如果不同意则摇头。

李玉龙对我说，你可以试一下，一晚上可以赚好多钱，比你在饭店几个月的工资高。你虽然瘦了一点，但有富婆喜欢你这种小靓仔类型的，我手上有资源，可以介绍给你。

直到这一刻才真相大白，李玉龙无端地对我这么好，不计花费带我来这种场合玩乐，是要给我洗脑，想让我加入小白脸的行业。这个夜总会是他一位朋友开的（说不定他也有股份），楼上有过夜的房间，小白脸几乎都在楼上开房。

李玉龙问我有没有睡过女人。我害羞地摇头。他哈哈一笑，说还是红花仔呀，那可以卖个好价钱！接着，他又给我洗脑。无非是小白脸一个晚上可以赚几千块钱，又快活又轻松，比干什么都强，一年攒下来的钱可以在东莞买套房子。又说，指不定会被哪个富婆看中，一年给你扔个几十万，打一辈子工也未必赚得到这么多钱。

说得我蠢蠢欲动。这么多年来，我过的都是苦日子，小时候因为治病，折腾得家里紧巴巴的，不可能有零花钱，即使后来去当了渔民，有些微薄收入，但也只够用来买药和买些盗版小说看。出来打工，工资收入并不高，每个月要往家里寄钱，剩下一点钱还要买药，勒着裤腰带过日子，生活十分拮据。虽说现在转入了饭店工作，生活有所好转，但是工资仍是那样低，每个月都不够花，日子过得苦闷。一个人长期处于贫困状态，内心对金钱的渴望是十分强烈的，不免有"一夜暴富"的想法。何况，我一直有当作家的梦想，想找机会改变这种贫穷的生活，好有时间去写作。但自己身无一技之长，想靠打工赚钱来实现作家的梦想，太渺茫了。李玉龙让我加入小白脸的行业，虽然我知道这是不光彩的事情，但仍十分心动。

李玉龙给我洗脑，说只要跟女人睡觉就能赚钱，一年能存十几万甚至几十万，那是我这辈子都不敢想象的天文数字，对于一个没有见过世面、没有多大定力、内心极其渴望用金钱来改变命运的人而言，当小白脸无疑是一条致富的捷径，令我蠢蠢欲动。

但是，我想到要干这一行就要辞职，心里不免割舍不下。在饭店的吧台工作，是有生以来我干过最好的工作呢！何况徐总对我这么好，我怎么能背叛她。李玉龙看出了我的犹豫，他说根本不用辞职，这种活儿是可以兼职的，反正只是夜里陪女人睡觉，就像跟老婆睡觉一样，第二天一大早客人就走了，不影响上班。

我愈发心动起来。小时候当了七年的瘸子，出来工作又吃了许多苦，我心里一直隐藏着对生命灰暗的痛恨与对未来不明的忧伤。回顾我这二十年人生，似乎没有享受过什么人生乐趣，仿佛活着只是为了受苦。现在，接触到这样灯红酒绿的生活，内心有些不甘起来——世间太不公平了，凭什么他们能夜夜笙歌，而我却要忍受苦难？李玉龙说得对，人要为快乐而活，给人家打工，一个月拿几百块钱，这辈子做到死也攒不了几个钱……

李玉龙循循善诱，用语言的魅力，一步一步地瓦解我内心的防线。他甚至信誓旦旦，不收任何提成，把他所认识的香港富婆介绍给我，等我赚了钱，就请他吃夜宵。他越说越起劲，并给我打包票，只要我答应，他今晚就让我破身，赚三千块钱，甚至五千块钱，他说红花仔是很值钱的，很多富婆都在找红花仔呢！

这是多么具有吸引力的诱惑！如果我的口袋明天突然多出三五千块钱，那无疑是一笔巨款，将会彻底改变我的生活，甚至是命运。我明天就可以到饭店边上的出租楼租一间房子，不用再挤在狭窄逼仄的铁皮房里面睡觉，过着难民般的生活。然后，我还可以买一套金庸和古龙的正版图书，再买来一些纸笔，闲时就能安心地看书写作了。我甚至可以去报名学电脑，听说现在投稿都是用邮箱的，我必须要跟上时代。

在酒色迷离之下，我心中的魔念一寸一寸滋长，很快就覆盖了全身，整个人都轻飘起来。我在饭店上班，经常看到大腹便便的台商与港商高管，带着年轻貌美的金丝雀来吃饭。还有舞池里面那些舞娘，尽情地展现性感腰身，随时勾搭猎物。这些青春靓丽的姑娘都可以为金钱付出一切，何况我是个男人，有何不可？几百块钱一个月与几千块钱一晚上，中间形成的旋涡，足可以吞噬一个人的灵魂！

李玉龙看到我的目光正在软化，脸上的神情也迷离起来，他知道我已经为之所动，于是加大剂量地在我耳边吹风，让我的心魔无法控制。我抬起头，看着形形色色的舞台，看着快活涌动的人潮，那些男男女女的杯盏暧昧，花花世界的绚丽多姿就像一股洪流，将我席卷其中，让我无法控制自己。

我仿佛看到不远处有一群女人正在朝我招手，她们眨巴着眼，手上挥动着金灿灿的钞票，像一群巫婆正在招魂。

三

无论多么难忘或惊奇的往事，经过时间的冲洗与打磨，落在文字上，都是不露声色的简单。经历一番内心挣扎，最终我没有迷失自己，没有迈出那龌龊的一步。并不是自己的意志有多么坚强，人格有多么伟大，那条迷幻的道路，那个荒诞怪异的想法，其实是因为一个人的出现而瓦解的。如同天空的海市蜃楼，因为太阳的猛然出现而消散了。这个人就是周董。

我和李玉龙晚上出去吃喝玩乐的事情，传到了徐总的耳中。饭店的服务人员都住在三楼，活动范围就这么大，某人有什么风吹草动，其他人基本上都知道的。我晚上去向不明，经常深夜醉醺醺归来。有时借着酒劲吹牛，向他们炫耀，说去夜总会看美女跳钢管舞之类的，满足自己虚荣心的同时，也引起他们的羡慕或嫉妒。不久后，我出去喝酒玩乐的事情，就传到贾姐和徐总的耳中了。

徐总怕我学坏，她也认识李玉龙，因为是供应商，结款要找徐总拿钱的。徐总毕竟见过世面，觉得李玉龙这人不简单，老话说"穷不走水，富不涉淫"。我在吧台工作，掌管酒水，并且挨着收银台，职务颇为重要，徐总知道我是个单纯善良的人，怕我被人带坏了，很想找我聊聊。但她也只比我大两岁，工作上的事情可以派遣我，生活的私事，她当然不能像长辈那样语重心长地跟我谈心。所以她只是在口头上说我一两句，见我并不悔改，就将我的事情告诉了周董。

那时已是二〇〇五年的元月中旬，进入了农历腊月，还有半个多月就要过年了。这是所有饭店都忙碌的季节，当时尚未出台八项规定，政府单位和国企部门可以出来搞年会，还有民营公司的高管聚餐，工厂员工相约打牙祭，业务员请客户吃年饭，朋友之间的年前聚会，都会涌到饭店里。周董的朋友们也常来火锅店捧场，那段时间，周董几乎每天都要来火锅店打转，应酬谢客。

一天晚上，饭店打烊之后，周董叫我到二楼的办公室稍坐，说要找我聊聊天。我心里咯噔一下，感觉要有什么事情发生。

总经理办公室很大，四十多平方米，除了办公区域，还用屏风隔了一个小会客厅，摆了沙发茶几。周董晚上喝了不少酒，有几分醉意，他面色通红，半倚在大沙发上，用保温杯喝茶。我坐在一边的小沙发上，战战兢兢，不知道要发生什么事情。周董见我正襟危坐的样子，就说："不要紧张，只是找你聊聊天，没别的事情。年底了，我要写几封感谢信和贺卡，赠给捧场的朋友，回请他们吃饭。你文笔不错，到时帮我写一写。"

听了他的话，我心里松了一口气，赶紧说，哪里哪里，我只是小学生水平，不敢当此大任。

饭店的人当然不知道我的真实学历，在外面谋生活，谁都要包装自己，我断然不能说自己只有小学毕业，否则只怕连服务员都当不上。我对外都以中专学历来标榜自己。此刻我坦诚地说出来，在老板听来，当然是谦虚的说法。

关于我文笔好的说法，缘于饭店的传单制作。每个饭店开张，都要派服务员走街过巷大量地发传单。传单是广告公司制作的，打样送给徐总审核。当时我已经进入吧台工作，开始着手吧台酒水的进货与记账，还有柜台摆放与冰箱的贮藏工作。传单送过来，放在吧台上，我第一时间便能看到。广告公司给饭店做传单，内容版式都是千篇一律的，饭店的简介无非是"环境优美，交通方便，菜味美好，服务周到"之类的通用语句，看上去特没劲。我进入吧台工作，得益于徐总的特殊关照，所以不免力图表现，怀着感恩之心，绞尽脑汁，斗胆写了一稿饭店的简介，递给徐总。虽然我从来没有写过这类东西，但因为看书多，对文字也有感觉。何况我耗尽心思去写的，比那些千篇一律的广告词要高明得多。徐总看过之后，很是满意，后来给了周董看，周董对我也夸奖有加，说我的文笔好。后来，传单大批量印刷，一摞一摞地堆放在大厅门口，当时我激动极了，就像出书一样。毕竟，那是我第一次写作"发表"呀，虽然没有署名，但一印就是几万份，它们将会播撒在长安镇的大街小巷，让无数人读到。

后来我每天下午在吧台写作，也成了众所周知的事情。饭店所有人都觉得我是个有文化的人，也知道我要当作家的梦想，那些暗恋我的女孩子更加喜欢我了。这些传闻也传到了徐总和周董的耳中，两位老总对我也有些刮目相看的意思。

这天晚上，周董说要让我帮写感谢信，我既高兴又害怕，因为我知道自己的水平并不高，担心搞不好会让他失望。

谈完所谓的正事，周董就像和朋友聊天，跟我讲起他的人生经历，我才知道他是日本留学生，在日本工作近十年，后来将日本的数码产品引进香港卖，有了资金后就开始搞金融，却遭遇了金融危机，差点破产跳楼，经过努力后才又爬起来。

周董把我当成了好朋友，揭开了他神秘的面纱，袒露内心，将自己的创业经历说给我听。说到当年遭遇金融危

178

机时，周董的声音还有些低沉，那时候他面临破产，根本不知道要怎么办，愁得快要得抑郁症了，后来去看心理医生才重新获得了信念，硬是撑了过来。

我颇有感触，才知道即便是成功人士，背后也有着不为人知的辛酸。随后周董话题一转，认真地看着我说，听说你最近经常出去玩，跟别人喝酒跳舞，总是深夜才回来。年轻人，要趁着精力好，多学点东西，沉下心来做事，不要年纪轻轻就被酒水灌坏了身体。我听了这番话，心里猛地打了个激灵，才知道周董的用心良苦，他前面说着自己的成长经历，不过是为了铺垫，最终目的是教育我。

周董接着说，阿杰，我看你为人很不错，现在我一个朋友的公司招聘一名主管，工资很高，但需要懂电脑，会英语，你想去吗？我忙说，我不会电脑，也不会英语。周董语气严厉地说，那你就要去学啊，谁天生就会电脑呢？如果你把时间用在喝酒跳舞上面，能搞出什么名堂？再过几年，你还是这个样子，再有机会给你，你抓不住，那也是你自己的能力问题，你说这能怪谁呢？

我顿时诚惶诚恐起来，马上认识到自己的错误，脑子似乎有些开窍了：自己的人生一直过得不顺，不能像别人那样过上好的生活，并不是因为老天爷的捉弄，终归是自己的能力问题。因为我没有能力改变自己的命运，而能力不是与生俱来的，必须要通过自身的努力学习和生活积累才能获得。正如周董说的，世界上没有一件事情是随随便便就能成功的，哪怕是炒个蛋炒饭，想要炒得好吃，也要比别人多下点功夫。更何况是赚钱，那要比别人付出更多心血才行。

这天晚上，周董像一位亲人长辈，又像一位心灵导师，对我谆谆教诲，仿佛他已经预感到我即将误入歧途，努力挽救我，希望我能把心收回来，找到正确的人生方向。

经过周董一番教育，我终于幡然醒悟，那些宿命般的际遇和转变，在一夜之间完成了轮回。从那之后，我没有在灯红酒绿或人世喧嚣中迷失自己，因为我明白了人生最基本的道理：人活着是要靠本事吃饭的，没有本事就要去学。

四

我曾以为，只要我勤勤恳恳地工作，火锅店会让我度过一段安稳的生活。至少，我可以在里面从容地调整好生活状态，听从周董的话，利用闲时读书学英语，并攒钱学习电脑，为以后再次出去找工作打下基础。然而，时代在巨变，生活的转折总是来得那样突然，令人措手不及。二〇〇五年的五一过后，饭店就倒闭了。

饭店倒闭与莲花小筑的开发商有关系，开发商觉得这

180

么大一片地方，只建了二十多栋别墅，实在是亏钱，后来申请旧房改造，要全盘推平，重建高楼大厦。于是，开发商进行相对应的赔款，清退了所有的租户。火锅店是小区的一部分，也被列入清退的名单中。

徐总签完赔款协议，宣告饭店倒闭，一夜之间，遣散了所有的工作人员。最后，徐总留了两个最信任的人，一个是我，一个是厨房的配菜师傅李长军，让我俩帮忙卖东西。

饭店倒闭，不能转让，所有的东西都要卖掉——桌子、椅子、碗筷、锅瓢、冰箱、空调，还有办公室的电脑、办公桌、茶几沙发等。我们将这些东西全都搬到饭店的大堂，整齐排列，像家具城一样，贴上售价的标签。那段时间，二手家具店和收破烂的人像蜜蜂闻到花香一样，一窝蜂地涌过来。饭店的东西只用了大半年，有七八成新，徐总不想低价贱卖，我和李长军就按照徐总给出的定价与底价，与这些人讨价还价，每天都谈得口干舌燥。一直到五月中旬，东西才基本上清完。

那些天，我仍像从前那样，早上起床打开饭店的大门，坐在门口的台阶上看外面的世界。阳光一如既往地将绿化园的树木剪影撒在门口，如同岁月的斑驳，让人产生一丝恍惚。看着三三两两的行人穿过门口的花园小路，消失在别墅的红色围墙后面，我的心总会泛起难过与不舍之情。

饭店加建在绿化园上面，一条幽幽的小道通出去，边上有草坪、花坛，还有树木，景色还算优美。门口有一棵叫不出名的树，不知道是被风吹弯了还是受了什么挫折，这棵树长到一半时就弯了，看上去像一个巨大的问号。为了招揽客人，徐总让我们在上面绑了探照灯和霓虹灯，夜晚开灯时，这个巨大的问号总会一闪一闪地发着光，仿佛警醒路人的思考，不要迷失方向。我还记得，门口边上有一个一米半深的四方井，不知道是用来干什么的，下面什么都没有，是干涸的，用一块大木板盖住，有一次我抄近道去找人，结果掉下去，脖子擦掉了一大块皮，疼得我好几天都睡不好觉，留下了淡淡的疤痕。我还记得因为缺少娱乐活动，为了丰富员工生活，徐总买来两副羽毛球拍给我们锻炼身体，早上起来，店面还不到开业时间，一帮人就会在小区里面打羽毛球消遣时间。那时的服务员大多是女孩子，一个个青春明媚，一个个活泼可爱，我跟她们打闹嬉笑，开着没心没肺的玩笑。其中有一个暗恋我的女孩子专门为我捡球，还给我倒水喝，我记得从保温杯倒出来的水有点烫，她还帮我轻轻地吹凉……

啊！没想到我们这么快就被时间拆散了，支离破碎，像做梦一样，一觉醒来全都不见了！

现在，这些人的照片仍保存在我的相册里，包括暗恋我的那两个女孩子。有时候翻出来看，发现她们越来越像陌生人，我已经记不起来她们的名字，也想不起曾经在一起的点点滴滴。漫长的时光侵蚀，许多熟悉的人与事就这样被岁月一点一滴地隐藏起来，在日渐淡忘的过程中，这些曾经熟悉的人开始保持沉默。沉默或许是他们唯一的尊严，除此之外再也找不到与时间对抗的勇气了。我和他们曾经说过的话，谈笑过的风云，最终都只留下了模糊的表情。

但不管岁月如何变换，他们的身影依然存在我的脑海中，每次翻开照片，我仿佛都能看到一个个步履匆忙的背影，在命运的转折点上交错而去，从此各奔天涯，留下了各自的相思。这些人，一辈子不可能再相见了，而那些时光，也永远不可能再重来。尽管记忆可以填满时间的缝隙，却无法填满我们生命中的遗憾。

第八章

一

　　莫名地感到心慌。一个叫莫华杰的人突然凭空消失了，取而代之的是一个叫张正敏的人。

　　古人说，行不更名，坐不改姓。在我的老家，一个人只有在迫不得已的情况下，才会改变父母赐予的出生年月或名字。例如结婚，男女八字相冲相克，有妨婚姻，女方就要将八字的年庚改掉，换一个与男方大命相符的生辰。改八字需要举行一个庄严仪式，找一个好日子，女方到神庙或祠堂里烧香祭拜，祷告天神地灵，烧掉自己的旧八字，将新的八字贴在神庙昭示三天。讲究一点的，还要请来赊佛佬念经，借由浑厚的牛角号声，把美好的心愿送达神佛之地。而改名字，则是此人流年不利，或因作奸犯科，想重新做人，才会改名，也需要举行昭告天地的仪式。名字可改，但姓氏连着老祖宗的根，万万不能动的，如果连姓都改掉了，那就成了不肖之人。

　　我曾有长达四年的时间是隐姓埋名的。诚然，我一无名气，二无劣迹，不是那种"事了拂衣去，深藏功与名"的文豪侠客，也没有做过什么伤天害理见不得人的事情。改名易姓，全然是为命运所迫。那个陌生的名字，赋予了我新的生活历程，现在，我企图从它的身上夺回属于自己的时光。

科技时代的智能风暴，如同潘多拉的魔盒，一部手机就足以令人遗忘许多美好，往事随风消散，已是人之常态，并不是凄美的传说。如果一个人能保持写日记的习惯，不只是一件雅事，更是增加幸福的筹码。用文字刻录日杂琐事，是对命运的尊敬与生活的虔诚，日后翻起，平淡无奇的日子因为时间的酝酿，陡然变得温馨动人。

我以前也有写日记的习惯，然而命运的流离颠沛，让所有的日记都难逃一劫。不过，我仍记得当年曾在笔记本上写过一篇开头，大约是这样的：

2005 年 5 月 × 日　周 ×　天气晴

我即将离开龙记火锅店，心里很难过，但难过也没有用。徐总给了我四百块钱，还有一张名片，让我记住她的手机号码，有时间找她喝茶。我知道这是她的客气，我想借着这种客气，让她介绍我到工厂上班。她许多朋友都是台湾厂和香港厂的高管，可以通过她的关系，让我在工厂里谋到一个好的职位。但是我说不出口，因为我的身份证弄丢了……

且拿这个当引子吧。我的身份证是在龙记火锅店丢的，一段岁月因为身份的缺席，顿时危机四伏。

火锅店倒闭之后，我和李长军帮徐总卖东西，用了半个月，将饭店的东西卖完。那时，莲花小筑清理了所有租户，园区一片空荡，小区里的保安和花匠合谋串通，起了贼心，将房子里面一些值钱的东西拆下来偷偷卖掉，连铁门钢窗都不放过。保安监守自盗，夜里也不守夜，园区乱了起来。我当时住在饭店三楼的铁皮房，进入初夏，楼顶闷热，我和李长军将一楼的大包房清理干净，把木床搬下来，住进了包房里面。包房内有空调，夜里睡觉可舒服了。可是我没有想过安全问题，因为小偷可以从窗户爬进来偷东西。我的钱包没有压在枕头下，随手放在一边，成了引贼入室的诱饵。我怀疑是小区的保安干的，因为那一阵子，几个保安有事没事就探头探脑地走进来，一双眼睛骨碌碌乱转，放出一股贼光，仿佛要从中捞点好处。

卖完东西，徐总给了我四百块钱，那是我最后的半个月工资。按照我当时六百元一个月，应该是给三百块钱，但徐总额外多给了我一百块钱，说是奖励我。

拿了钱，我本应回老家重新办理身份证，但饭店上班工资低，花费大，一直没有存到钱，加上钱包被盗，当时身上只有这四百块钱，略略计算了一下，除去车费和一些花费，回到老家顶多只剩两百块钱。我有一年多没有回家了，带两百块钱去见父母，显然寒碜。何况重办身份证，最少要等半個月才能拿，窝在家里等待，肯定会把钱花完的，到时还得找家人要钱才能出来找工作。这无疑是很丢脸的事情。

我不甘心，就去办了一张假身份证。可是假的真不了，别说大工厂，连小工厂都很难进去。找了两天工作，都被人拒之门外。假身份证是在一家复印店制作的（我在饭店上班时，来这家店里打过传单，跟老板相识），我问老板能不能把身份证搞得再逼真一点。老板无奈地摇头，说身份证有激光防伪，这是仿制不来的，建议我去买一张真的身份证。后来，经他介绍，一个摩的司机出现在我面前。那时东莞尚未禁摩，街头随处可见飞驰穿梭的摩托车。摩的司机听说我要买身份证，找我要了二十块钱的车费，拉我去买身份证。

穿过几条街道，来到宵边村的上洋路。一排大榕树进去之后，里面有一条老巷。时光大致保留了这条老巷原有的质朴颜色，灰色的瓦片上闪烁着夕阳的余晖，青砖墙壁上的招牌光影斑驳，透出岁月的沧桑。这条巷子居住的都是河南人，整条街贩卖的都是河南特色，一走进去，便能闻到烧鸡和卤牛肉的香味，还有胡辣汤的气息。有人竟然在路边杀牛宰羊，场面血腥，围观者甚多，都在等着买新鲜的牛羊肉，看上去就像传说中的吉卜赛人聚集地（多年之后，我娶了一位河南姑娘，带她到这里吃河南特色食品，她说味道很地道）。那时我是第一次到这个陌生又杂乱的地方，不免心里警惕，怕被人骗了。

　　摩的司机带我到一个卖桶装水的小店，跟店主说，老张，这人身份证丢了，给他弄一个。老张看了我一眼——我至今记得老张的相貌，长得有点像猴子，尤其是眼睛，宽大的额头突出来，眼眶不像正常人那样有起落地镶下去，而是直接平地陷下去，让人感觉到一股鬼气。

　　老张转身回房间，拿出两捆身份证，每捆有二十来张。他解开皮筋，将身份证一张接一张地过目。最后，他挑出三张身份证给我，让我选一张。那三张身份证的相片面目轮廓都很像我，让我感到惊讶与欣喜（那时还是一代身份证，用的是黑白照片，因过了塑，五官不明显，人脸轮廓相似就能蒙混过关）。其中有一张叫"张正敏"的身份证信息跟我很接近，一九八二年出生，广西上林县人。另外两张身份证是湖南的。我讲的普通话带着浓浓的桂北口音，理所当然选择了"张正敏"。我担心买到假的身份证，一边付钱一边问老张，如果是假的怎么办？老张接过我递上来的五十块钱，很不屑地说，只要你的钱不假，我的身份证也不会假。

　　我到附近一家小卖店，买了一瓶矿泉水，然后拿出身份证让店主帮忙用验钞机照一下。那时的验钞机大多是灯光验钞，把身份证放进去，在紫外线的作用下就能看到里面泛起的激光条纹。店主说是真的，我于是放下心来。当然，我很好奇，老张怎么会有这么多真身份证。我想，大约是找人收购的。那时东莞还没有禁摩，飞车党和小偷小摸很多，他们抢到身份证，也许就低价卖给老张这样的人。所以，每一张被贩卖的身份证背后，都藏着一个不幸的故事。

我那张被偷走的身份证，或许也会被人拿去卖掉。有一天，也有一个不幸的人因为失去身份证，买走了我的身份证，从此借用莫华杰的名字，拥有了一段属于自己却又寄存在他人名下的时光。就像张正敏，成为我那四年时间的合法寄居身份，我虽然不情愿，却无法将其抛开。每当回忆起双重身份的那四年时光，我总觉得张正敏才是真实存在的，而莫华杰不过是一个迷失在南方的人。

二

二〇一五年六月，我在莞城买了房子，从工厂的宿舍搬出来，从此有了属于自己的家。搬家的时候，许多无用的东西都要丢掉。一个跟我走南闯北的行李箱在这场乔迁中，成为牺牲品，无法找到属于它的最终归宿。

行李箱是二〇〇五年，我在火锅店工作时花八十块钱买的。那时在饭店上班，宿舍简陋，没有个人物品存放的地方，大家都买来带有密码的行李箱，存放私人物件。我也买了一个，这行李箱的质量特别好，全身是塑料做的，人坐在上面也不会变形。从二〇〇五年到二〇一五年,整整十年的光阴,它结束了历史使命,终于被我抛弃了。

漫长的岁月,这个行李箱成了我生命迁徙的见证者,它跟着我融入他乡与故乡的旅途,以及闯南走北的颠簸,在我蜕变的同时,它也被岁月的风霜侵蚀,垂垂老矣,轮子已经缺损,拉杆也伸缩不灵,如同一个行动不便的老人。如果不是看在十年感情的份上,它早就被我扔掉了。然而,它最终还是被我抛弃了。那一刻,不是故作矫情,我的心有些空落落。现在想起来,也很是后悔。我应该将它带回老家的,放在老家的屋子里面,与旧时光一同珍藏。一个跟随了我十年的行李箱,里面承载了曾经的旅途情感与梦想奔波,在我的生命中占有的价值,远比一个古董昂贵,有资格也有理由成为我毕生的收藏品。

扔掉它之前,我清理了行李箱内部,发现内壁的暗格里竟然藏有一张工作证。掏出来一看,证件上的抬头商标是中国联通的,中间贴着我二十一岁时的照片,照片下面是以下信息:

公司:中国联通

代理公司:数立达

姓名:张正敏

职务:业务代表

编号:181

天啊，没想到曾经的工作证竟然被我保存下来了。可惜上面没有注明入职的时间，一段记忆因为缺少时间的开端，怀念的仪式感因此被削弱，没有强烈厚重的穿透力，让我的记忆仍处于混沌之中。

我打开工作证的皮套，抽出里面的证件，发现暗藏玄机，一张"汇安人才市场"的入场券夹藏在内，掏出来时，票券已经微微泛黄，但日期赫然显目——2005年6月27日。

一个明确的日子，让那段时光有了皈依。没有日记承载的岁月，我们只能依靠这些老信物来传递时光的信息。它们既是信物，也是信仰。这些与生活没有太大关系的物件，因为人生的历练，都蕴藏着生命的情感与温度，哪怕它再多余，再平凡，再琐碎，有时也令人难以舍弃。就像这张入场券，它本身的归宿应该是在垃圾桶，化作烟尘，消失在时光深处。我见过太多的人，离开人才市场之后，将入场券随手丢弃，从不拖泥带水，也毫无眷恋。被我无意中保存下来的这一张，是它的幸运，也是我的幸运。尽管曾经的我并没有通过它改变命运，但是上面用印章盖上去的日期，却让我对那段消失的日子倍感亲近。

那时我准备离开数立达公司，需要重新找一份工作，所以去了人才市场碰运气。然而，我碰到的是更多像我一样找工作的人。人才市场里面的中央空调再冷，也无法压抑人潮的热浪，焦虑与不安是那个夏天最深刻的体会。我如同一只蚂蚁误入了其他的蚁窝，在黑漆漆的人潮中，两眼茫然，找不到自己的栖身之处。每一个招工的档口，都被排队面试或驻足观望的人群围得水泄不通，就像春运的检票口，令人感到绝望或窒息。我被这股人潮瞬间淹没，手里那张毫无分量的简历，竟然不知道要投向何方，像我薄薄的命运一样，虚弱而缥缈。我想，我不应该来人才市场的，我有什么资格来呢？一个小学毕业生，连二十六个英语字母都背不全，而且身无一技之长，拿着买来的身份证在里面瞎窜，简直是开玩笑。那时的人才市场招工，是不招普工的，因为普工不是人才，直接贴在工厂门口招聘就行了。人才市场招工最低也是 QC 之类的职务，可笑的是，我当时并不知道 OQC 与 IQC、IPQC 职务的区别，也不知道这些职务是干什么的。我在打火机厂、家具厂还有塑胶厂上班时，并没有这种英文字母代码的职务。

最终的结局，注定了我会狼狈不堪地逃离人才市场。在人潮密集的天桥上，盛夏的阳光一如既往的明亮，我却感觉天空蓄满了灰暗的云朵。阳光闷热，却一点也不亲热，落在身上是一种煎熬。我摸了摸口袋，身上只有十多块钱了。显然，这点钱连东莞都走不出去，更不要说回归故乡了。

我只能返回数立达公司，每天借着跑业务的幌子四处找工作。一直到了七月上旬，晒得跟非洲人一样，我才终于找到了一家愿意收留我的小工厂。

三

可以肯定，数立达公司早就不复存在了。虽然它是联通的代理公司，但是所代理的产品有局限性，岁月的无情也是时代的无情，许多行业在这场科技的变革中，被大浪淘沙的淤泥覆盖，再也没有水落石出的一天。数立达公司也逃不掉这个宿命。

这是一家给联通代理 IP 电话的公司。IP 这两个英文字母在当下很热门，尤其是在网游与影视领域，大 IP 也就意味着能赚大钱。但是 IP 电话在当时却是廉价的代表。那时手机打电话还贵得很，市话五六角钱一分钟，长途则要七八角，也没有什么可选择的套餐。有的手机卡可以便宜到三四角一分钟，但是接电话也要收费的，而且长途打来的电话收费也很贵。因此，手机对一般人而言，属于奢侈品，虽然几百块钱可以买到一部普通手机，但买手机容易养手机难，停机换卡是许多人常做的功课。我从二〇〇二年出来打工，一直到二〇〇六年的四月份才终于买得起手机。为了挑选便宜的话费套餐，中间还换过几次卡，直到话费逐年下降，我的手机号码才终于固定下来，沿用至今。

IP 电话也叫宽带电话或网络电话，通过互联网 IP 技术实现电话通信，其建设成本低，通话成本也低。那时街头小巷里面，有很多 IP 电话超市，一个简陋的铺面，用玻璃隔出一格一格的小单间，里面放一台电话机和一个塑料板凳，可以让人煲电话粥。店铺的招牌一般都会写"IP 电话超市，市内三角，长途五角"。

数立达公司代理了东莞联通的 IP 电话业务，看起来这是一个有前景的行业，但当时的东莞市场，IP 电话几乎被电信垄断了，想从电信手中分一块蛋糕，无异于跟老虎抢肉吃。因为当时使用 IP 电话的基本都是打工族，东莞是打工仔的天堂，光是长安镇就有七八十万的外来人口，他们大部分都在工厂上班。于是，数立达公司提出了一个战略设想：在每个工业区和工厂里面，开设数立达公司的 IP 电话超市，让打工仔在工厂里面便能打电话，不必跑到街上，从而抢走大部分客源，以淘汰街头小巷的电话超市。

这是一个有想法的战略，但也是一个残酷的战略。电信公司早就先行一步，工业区和工厂的小卖部，遍布电信电话机，给了我们重创。我们想说服店主们由电信改用联通，那是很难行得通的。电信给他们的底价是市话每分钟一角五，长途三角钱，我们联通给出的底价比电信便宜两分钱，但是这些人用惯了电信，又担心联通的通话质量和服务各方面跟不上，所以不会为了两分钱而去冒险。

市场资源被垄断，受伤的往往是业务员。我们每天都去工业区或工厂打转，寻找所谓的商机。工业区还好，登记了就可以进去，某些工厂即使有小卖部，但我们没有认识的人，人家是不会放人进去的，连保安这一关都过不了。即使过得了保安这一关，去拜访小卖部的老板，想说服人家改用联通的 IP 电话，那也要费尽心机，没有三番几次造访是不可能的。

难以置信的是，这样一份工作竟然没有底薪，全靠拿提成，而且只包住不包吃，一日三餐都要自己解决。现在回想起来，自己当初怎么会奋不顾身并且饱含热情地投入这样一份没有任何保障的工作呢？只有一个原因，就是被洗脑了。

我和李长军一起进的数立达公司。李长军是吉林长春人，脸蛋圆圆的，个子矮矮的，戴着一副圆圆的小眼镜，像个卡通人物，如果不是一口正宗的东北腔，谁也不会相信他是北方人。我和李长军关系很好，火锅店倒闭那阵子，我俩一起帮徐总卖东西，每天同进同出，就像铁哥们。李长军中专毕业，喜欢泡网吧打游戏，在他的影响下，我也学会了玩 QQ 和浏览网页，还有看电影，觉得自己一个小学生也能玩电脑，那是人生的一大突破。

李长军以前跑过业务，没有成功，后来进了火锅店当配菜员。火锅店倒闭后，我想找个好一点的工厂进去上班，但李长军说打工一辈子也没有什么出息，要去跑业务，许多老板都是从业务员开始做起的，就像李嘉诚。

说来惭愧，我那时并不知道李嘉诚是谁，在李长军的推荐下，特意去地摊买了一本厚厚的李嘉诚生意经，叫《做人做事做生意》，虽然是盗版书，但内容齐全，主要是结合李嘉诚的人生故事，阐释做人做事做生意的原则与精华，让我看得如痴如醉，因此能量满满，也立志要去做一名业务员。

几经折腾，我们进了数立达公司。该公司的总部在常平镇，想在长安镇设立一个分公司，派出一位姓于的主管过来招聘员工，我和李长军是第一批业务员。

我们最初只是抱着试一试的心态进这家公司的，因为他们给出的待遇实在太差了。但是每个周六，我们都要去常平总部开会，该公司的总经理是一个热情洋溢的人，能说出许多人生大道理给我们洗脑。什么"俗话说'是金子总会发光的'，这是骗人的话，一块金子落满灰尘的时候，光芒就会被掩盖住，要抹掉身上的灰尘，才能让它发出光芒来。只有不断地学习，不断地工作成长，我们才有能力抹掉身上的灰尘""世界上有后悔药，我们也不要吃，如果你真的后悔，应该去吃老鼠药，因为后悔药是留给失败者吃的""人生如果选择错误的方向，就是停止进步，进工厂打工，在那样一个封闭的空间里，得不到生命的阳光，就是停止生长""人生最大的成功就是做事业，错过了事业就是错过了人生"……诸如此类。总经理还会说许多名人励志的故事，乔·吉拉德、李嘉诚、卡耐基、金克拉等。这种激进的思想灌输，可能跟传销组织开会洗脑也差不多，我当时没有见过世面，一下子脑子发热，像打了鸡血一样。

尽管数立达公司没有给我们底薪，但是开出的条件还是很诱人的，跑成一单业务，只要这家 IP 电话超市的门店不倒闭，我们就一直有提成拿。例如我们给店主的底价是一角三分，这一角三分当中，有百分之十的提成归我们，相当于我们在这家店铺里面有了股份。跑成一家店就有一份股，若能跑成十家店，那在家里睡觉也有提成拿，这比拿固定工资去跑业务更加划算。总经理说，这才是真正值得我们干的事业，当你们跑出十家 IP 电话超市的时候，每天都有钱进账，不管你出去旅游还是在家里看电视，甚至你回老家了，这十家电话超市只要不倒闭，提成还是你的，生活不用发愁。

这无异于神仙生活了，我最想过这种日子，每天不用做事也有钱进账，可以窝在家里写作，完成当作家的梦想。所以，一份没有任何保障的工作，却让我一头扎进去，企图从中获得美好人生。

四

　　再美好的憧憬，也抵挡不住现实的压力。半个月后，
我们都因为吃饭的问题产生了动摇。数立达公司没有底薪
我们可以忍，但是只包住不包吃，这就有些过分了。我们
身上的钱少，别的东西可以俭用，但是吃饭是省不了的。
尽管我们吃很便宜的路边快餐，但钱包很快就被掏空了。
于是我们一起找主管诉苦。主管找总部反映，总部再三审
议，决定每天每人补贴五块钱的餐费。但五块钱能吃什么，
就一顿饭钱而已。就在这困惑的时刻，李长军一拍大腿，
既高兴又带着骄傲地说，我有办法让大家吃饱，大家凑钱
买菜，我和瘦子给你们做饭吃。

　　瘦子是我的绰号，因为我长得清癯高瘦。听李长军这
样一说，我也激动起来，诚然，我和李长军都是从饭店出
来的，李长军虽然不是正规的厨师，只是一名配菜员，但
在厨房浸泡久了，厨艺自然不错。而我也喜欢炒菜，在饭
店时也学过几手，炒菜时能抛起锅来。

　　主管疑惑地看着我俩，不太相信地问，你们行吗？

　　我和李长军为了应聘业务的工作，造了假履历，没说
自己在饭店上班，只说在某某工厂跑业务。李长军说，绝

对没有问题，事先说好，我俩只负责做饭炒菜，洗碗不管。

主管也知道眼下如果不解决吃饭问题，刚建立的分公司只怕会人走鸟散。于是，他掏钱置办了锅碗煤气灶等厨具，并购买了一袋百斤重的大米。而买菜的钱，则用我们每天的补贴。

长安镇的分公司加起来才七个人，三女四男，住在一栋出租楼的二楼。房子七十多平方米，两房一厅，加厨房和卫生间，生活还算便捷。三个女业务员住在较小的一间卧室，四名男业务员则睡在大间。客厅是公司的办公室，放了四张办公桌，每张桌面有两部电话。我和李长军当时没有手机，名片上只能印办公号码。主管一般不去跑业务，每天就在公司里面等着接电话，或者去常平开会。总部的会议特别多，大约是总经理给主管们洗脑，再让主管回来给我们洗脑。每天晚上都有一个总结会议，主管给我们讲许多励志的话，鼓士气的同时，也传达总部的一些事项。

七个人，每天三十五块钱的餐费补贴，只要不吃山珍海味，用来买青菜和五花肉也足够了。我和李长军的厨艺一下子把他们给征服了，他们没想到，一个平常的土豆丝也能炒得这样的美味。这样一来，我和李长军的地位随之水涨船高，只管煮饭炒菜，买菜、洗菜、洗碗和打扫卫生等活儿，都不用我俩出手。

有得吃有得住，我们也就安心地去跑业务了。这种业务没什么技术含量，无非是每天去工业区里面乱窜，找工业区或工厂里的小卖部，说服老板改用联通的 IP 电话。那时我们也傻，天天跟工厂打交道，竟然没有想过找一个好的工厂上班。可能与当时的理念有关，总经理知道我们天天和工厂打交道，怕我们意志不坚定，跑着跑着就跑到工厂里面上班了，所以给我们灌输了大量的"进工厂打工是可耻的，浪费青春"之类的思想。我们当时一个个心高气傲，是很不屑进厂上班的。何况那时我们的身份证都押在主管手中，即使突然心血来潮想进工厂，没有身份证也是行不通的。

时间一长，才发现这个业务特别难。怪不得公司没有底薪给我们，就是因为知道该业务难跑，人员流动量大，所以不设底薪。我们跑了一个半月的业务，晒得跟非洲人一样，也没有搞成一单。当时已是六月盛夏，岭南的阳光像现实一样残酷，在灼热的阳光下，每走一步都像是挣扎，把人晒得叫苦不迭。

出租屋里面的生活也乏善可陈。四男三女住在一间屋子，每天晚上吃了饭，轮流洗澡洗衣服，差不多就是九点钟了。主管会给我们开总结会，让大家说说这一天拜访了什么厂，遇到了什么事情，顺便报销公交车费。开完会，大家吹一吹牛，然后倒头睡觉。跑业务没有午觉时间，奔波劳累了一天，晚上睡得特别早。房间里面没有风扇，只有客厅才有一把吊扇，幸好住在二楼，出租房的大门外是一大口长方形的水塘，没有闷热到睡不着的地步。

那三个女孩子姿色平平，但性格外向，跟我们开荤玩笑也不脸红。夏天热，洗澡后她们穿得少，全身散发出一股清香，给平淡无奇的生活添了一些味道。其中有一个女生特别丰满，每天晚上洗完澡，就站在客厅的吊扇下面，歪着脑袋将头发上面的水。因为没有吹风机，只好靠吊扇风干。她穿得少，睡衣又紧，丰乳肥臀的身姿，让我们这些男人看得春心荡漾。她是个开放的人，有时洗澡出来，竟然不穿文胸，而睡衣却又是薄薄的，我们能看到里面的内容，搞得连主管开会时，眼睛都时不时地朝她瞥一眼。

数立达长安镇分公司从五月中旬成立，到了六月底，人心动荡，没有人愿意再熬下去。虽然大家有床睡有饭吃，但是没有钱，也看不到任何希望，总经理和主管那些励志的金句名言，慢慢地使我们精神麻木，再也听不进去。后来三个女生陆续离职，各奔前程，李长军和一个老业务员则去了景田公司当业务员，给超市和小卖部推销矿泉水。他们也想叫我一起去景田公司，但我觉得跑业务太累了，景田公司的底薪也低得很，只有三百块钱一个月，基本上是靠业绩拿提成的，想赚大钱不太现实，而且天天奔波对身体也没有好处。跑业务要走很多路，我患有风湿骨痛病，路走多了骨头磨损厉害，风湿病会复发，夜里睡觉翻身都痛。

我找主管申请了身份证，说有些大厂需要用身份证登记才能进去。主管也知道我不想干了，并没有为难我，把身份证给回了我。我一边跑业务一边去找工作。

不知道为何，找工作竟然如此艰难，这么多大厂，没有一个愿意收留我。当然，跟我当时的条件有很大关系，我既没有文凭也没有技术，又是个男生，一般工厂是不要的。而且夏天大部分工厂是淡季，缺少订单，基本上是不招工的。一些大型工厂的人事部和外面的中介公司合作，即便招工也不对外招聘，需要交钱才能进去。我没有钱，只能找一些小厂面试，可是找工作的人特多，周边的小厂早就招满了人，很多找不到工作的人也在四处徘徊，他们跟我一样，都渴望获得上苍的庇佑，找到一份安身立命的工作。

辗转多天之后，我终于在莲花山脚下的咸西工业区，找到了一家叫"意华电子"的工厂。这个厂当时才六十多号人，是做电子连接器和电话线的。那天下午，工厂贴出招工启事，招聘十名普工：男工两名，女工八名。我运气好，正巧碰上了，于是进去试工。当时一起进去面试的还有七八个男工，竞争很大，只录取两名。

没想到张正敏的身份证给我带来了好运，身份证上面的地址和人事部招工的文员是同乡。因为这一点，人事文员暗中关照我，让我优先到生产线试工，从而顺利地面试上岗位。假如我用的是莫华杰的身份证，也许事情就不一样了。

这张买来的身份证，因为一份工作而融入了我的宿命中。办完入职手续，拿到以张正敏命名的厂牌，用夹子挂在左边的胸口上，那是挨近心脏的地方。上班时间或是进出厂门，所有工人的厂牌都要挂在左胸口。从此张正敏的名字与我的心跳贴近，在长达四年多的时间里，一直与我的命运紧紧相连。

远在家乡的父亲，总是收到一笔笔以张正敏名字寄来的汇款。父亲忧心忡忡，以为我在外面犯了什么事情，因此才要用别人的身份证。尽管我跟他讲过，我的身份证弄丢了，迫不得已才用别人的身份证进工厂。但是父亲并不相信，因为后来我回家补办了身份证，但仍是一直沿用张正敏的名字，并没有改过来。父亲觉得，肯定是我在外面犯了事，所以不敢用回真名。

一直到二〇〇九年的九月，因为工作出色，我被提拔为意华电子的生管员，与厂长走得比较近，于是写了更换身份证的申请书，获得厂长批准后，到人事部重新填写个人真实资料，换回了属于自己的身份。父亲收到汇款人姓名为莫华杰的汇款，才终于放下心来，仿佛真正的儿子回来了。

父亲肯定没有想到，一张身份证承载着多少南方的辛酸苦辣。

第九章

一

没想到，我在意华厂待了十年。

这是我人生极为关键也是极其重要的十年，但是要从头说起，却没有什么惊心动魄与离奇诡异的经历，仿佛所有的坎坷与动荡，都在前面那几年遭遇了，就像一个人漂洋过海，经历了各种风暴颠簸之后，终于抵达了平静的彼岸，生活从此安宁下来。

这十年的历程，无非是一个普通员工凭着自己的努力与奋进，一步一步成长，终于晋升为工厂白领，过上了幸福安稳的生活。在当今急速发展的中国，这种"幸福是奋斗出来的"故事每天都在上演，比比皆是，尤其在广东这片热土，草根创业成为著名企业家的例子数不胜数，与他们相比，我的经历实在不值一提。

稳定的生活就如平静的湖面，只有一些波纹，没有风浪，是很难捕捉与描写的，就算写出来，也都只是一些琐碎的画面，只怕很难勾起读者的阅读欲望。何况，如今的意华公司已是上市集团，如果我深入描写这十年的生活，必然会涉及工厂内部的管理流程和生产工艺。尤其我在厂里当了五年的业务员，与客户打交道是绕不开的话题，一旦提起，必然会牵扯出许多客户信息。

客户资源在任何公司都是最为重要的商业资料，在行业竞争中，一个客户名字的泄露，说不定会带来巨大的经济损失。出于对意华厂的保护，接下来我就拣几件较有人生意义的事情说一说，与工厂相关的话题将不展开。

二

我和海青是二〇〇八年十二月二十七日认识的。这天长安镇图书馆举行"我的家在长安"征文比赛颁奖仪式，我在本次征文中获得了一等奖。海青是一位文学爱好者，她跟随另外一位获奖的文友前来会场玩，因此相识。

仿佛上天注定的缘分，我们很快就陷入热恋。二〇〇九年的春节是元月二十六日，相识才二十多天，我便把她带回老家过年。接下来的事情就很简单了，不久后我们便结婚，成为彼此的人生伴侣。

婚后，我和海青从各自的工厂宿舍搬出来，住进一间租金十分便宜的铁皮房，开启了二人世界。铁皮房算是我和海青的婚房，后来大儿子出生，我们仍在铁皮房里居住了一段时间，因此我对这间铁皮房的感情很深，此刻仍能回忆起许多生活的细节，仿佛那里掩藏着一些挥不散的永恒时光。

铁皮房位于长安镇增田村的旧村里面，在一栋三层楼的楼顶，有四十多平方米，客厅、卧室、厨房、洗手间一应俱全，只是没有独立的阳台，衣服要晾到外面去。上班的时候，我们总是担心老天爷会落雨，把衣服给淋湿了。

这个旧村什么样的房子都有，拔地的高楼，别墅式的矮屋，还有老式的水泥碉楼和小院落，更有几间红砖瓦房，和乡下的矮墙土房一模一样。铁皮房夹在当中，并不显落拓。

旧村里面居住的都是普通打工族，收入不高，这里卖的东西很便宜。不仅东西便宜，还很全面，就连热水都有人卖。

村子的北面就有两个专门卖热水的档口。档口极其简陋，在空地上搭一个铁皮顶，建一个烧水用的锅炉。锅炉跟乡下酒坊酿酒的汽锅差不多，底下一个灶头，上面是铁桶似的锅炉，锅炉配有两个水龙头，一拧就出开水的。烧水用的柴火，大多是从工厂里收购出来的废叉板，或是建楼时废弃的模板和拆建的旧木门，有时还烧一些废塑料，小巷里面总是弥漫着一股刺鼻的塑料臭味。热水一年四季都有得卖，也极便宜，大号的热水壶打满只要两角钱，小号的热水壶则一角钱。如果用水桶去提水，五角钱半桶，一块钱便可以买满满的一大桶。

我每天晚上都要去买热水。天冷的时候，拎个水桶买五角钱的；天热的时候，只要提个大热水壶买两角钱的，便可以痛痛快快地洗热水澡。岭南夏长冬短，几乎不存在春天和秋天，买热水洗澡很划算，平均下来每天只需花三毛钱，比自己用煤气烧水或者安装电热水器要节省得多。

每天下班，我和海青会去旧村边上的体育公园散步。那时候我们新婚燕尔，还没有要小孩，散步就像约会一样，是必不可少的功课。散步回来，天色已黑，我便提着水桶去档口买热水洗澡。

档口离我居住的铁皮房还有些远，需要从一条巷子拐到另外一条逼仄的小巷里，再向前直走几百米，拐两个弯才到。我提着水桶（或热水壶），一摇一晃地走在巷子中（巷子的路况不太好）。巷子里没有路灯，全靠两边的房子从窗户上渗透出来的幽幽灯火，才能熏亮半壁小巷。之所以用"熏亮"这个词，是因为住在出租房里的人，晚上都要加班，九点半之前，出租房的房子大部分沉默在黑暗之中，只有少数几间房子的灯光亮着。为了省电，出租房的灯泡大多昏暗，从窗户透出微弱的光线，有一段没一段地洒落在巷子中，使整个巷子看起来半昏半暗的。

在这昏暗不明的光线中，用眼睛便能看到暮色从巷子的角落里渗出来，弥漫在四周。逼仄的小巷，仿佛一条熄灭了的时间通道，让人产生幻觉，好像走入的不是小巷，而是一条通往另一个世界的隧道。这样的幻觉让人感到诡异，就这么一段路，我天天走，有时候还会拐错弯。因为巷子深不可测，我从来不敢让海青单独去买热水，担心她会在里面迷路。

阴天的夜晚，这些巷子显得更加幽深，看上去似乎永远没有尽头，像个无底洞。不知为什么，我一直很好奇，巷子的尽头会是什么。人类的好奇心是一种无限延长的欲望，就像一个人看到一座山，就想知道山里面有什么。黑暗中，那些巷子延伸出去的逼仄空间，就像大地里的脉络，与万物连在一起，充满了神秘感。

有一次，我提着水桶去买水时，忍不住顺着巷子一直走下去。巷子深处越来越陌生，我的脚步走得越来越轻飘，仿佛一不留神就踩到了陷阱。也许，黑暗的巷子本身就是时间的陷阱，居住在巷子里面的人们庸庸碌碌地活着，不知不觉间便已苍老，就这么一辈子陷了下去。

终于，我走到了一条巷子的尾端。其实巷子的尽头什么都没有，只是通往另一条深巷的入口。这些巷子都是相通的，一条衔接一条，围绕着这个旧村循环蔓延，像记忆般纠缠不清。我不敢再拐入另外一条巷子，我并不是害怕我会迷路，而是害怕把这些巷子都走完，最后发现巷子尽头，其实什么都没有。

三

住在铁皮房，最令人烦恼的是下雨。

南方的夏季雨水充沛，大雨落在铁皮上，发出哗啦啦的响声，铁皮像安装了震动器一样，响得毫无章法，整个房顶都在颤抖，让人怀疑不是雨水落在房顶上，而是冰雹砸下来。

我经常半夜被雨水吵醒。有时刚睡着，突然听到房顶传来一阵急骤紧密的响声，梦中疑为山崩地裂，猛然惊醒，知道是下大雨了，并不是世界末日，于是心里松了一口气。但是被惊醒之后，就很难入睡了。铁皮顶上传来哗啦啦的声音，打破了寂静的黑夜，让人睡意全无。铁皮房就像一面鼓，房顶是鼓膜，屋内空间是鼓腔，而天上的雨水就是鼓杵了，当暴雨不停地敲打着铁皮鼓时，置身于鼓腔内的人，如何能睡得安稳？尽管屋顶隔着一层天花板，但天花板根本无法阻挡这些杂音，只是过滤了一下音量，使它没有那么刺耳，没有那么狂躁。

雨声嘈杂，下雨的夜晚是失眠的夜晚。我担心多年之后，我会患上恐雨症。我臆想恐雨症发作的情景，我哆嗦在黑暗的角落里，耳边传来哗啦啦的雨声，仿佛咒语一样，述说着我遗失的那些岁月年华。我的眼睛会突然湿润起来，像被多年前某一场雨给打湿了。

我有一本珍贵的日记本，在一场暴雨中遭到了毁灭。房顶的铁皮因为日久年深，有些地方锈蚀了，漏下来的雨水渗入了天花板，与天花板的灰尘一齐流下来，滴落在我放在沙发上的日记本上。日记本就像一具尸体，被泥水泡得膨胀，发酵，看起来极是陌生。日记本记载了我打工的数年时光，那些快乐的、难过的、伤感的、平淡的往事，是我用生命行走出来的痕迹。眼看青春渐行渐远，本以为日记本会帮我保留最珍贵的记忆，没想到就这样被上天的尘埃给掩盖，生活就此失去真相，我一夜之间就变成一个来历不明的人。

尔后，在铁皮房生活的日子，我再也没有写过日记，我依靠雨声来蓄积我的历史，任由它一点一滴地渗透我的生命。多年之后，当我再次面对狂风暴雨时，我能从雨声中听到很多内容。那样的内容让我产生莫名的惶恐。

四

旧村的居住环境差，人流量大，垃圾多，水沟臭，而且几乎没有什么绿化，除了楼房还是楼房，除了人流还是人流。只有走入巷子深处，在那些古旧的老宅小院里，才能偶尔看到一两棵龙眼或荔枝树，它们像孤独的标本，屹立在僻静的角落里。荔枝树的叶子和树丫都很安静，似乎连风都不愿意吹到它们身上。

因为缺少绿化，附近又都是工业区，还有一个混合水泥厂，空气污染严重，灰尘很大。吃饭的桌子一天不擦就会有一层灰，放在门口的鞋子若是半月不清理，看上去就像走了几十里路一样。当然，我最担心的是我的书架，买回来的新书即使没有翻过，过不了多久也会泛起一丝旧色，仿佛在黑暗中，有人悄然翻阅了我的书本。

我曾经考虑过要买一个吸尘器，将屋子收拾得干干净净一尘不染，但最后还是放弃了这个念头。因为这间简陋的铁皮房收拾得再干净，也只是一个寄身之所。它那种粗糙嶙峋的质感，晾在灯光下，像一个废弃的表情，让我无法产生一种家的温馨。

每个人的心中都存有一个家的概念。我理想中的家是一间很大的房子，它位于环境优美的地方，有着明亮的落地窗，干净的木地板，雪白的墙壁。我端着一杯茶，倚窗而坐，能看到外面的青山白云；或者一手搂着妻子一手抱着孩子，站在宽大的阳台上一起看日落。阳台上种着月季和茉莉，散发出暖暖的香气，在夕阳下闻起来特别温馨。

这仅仅只是个人构思的童话，它与现实无关。那时我的工资很低，虽然做业务，但刚起步，每个月也就三千多块，而海青的工资还不到两千块。除去生活的各项开销，存一年的钱，在这座繁华的城市也买不了几平方米。何况以后还要养孩子，所以，买房这个愿望，就像要当作家的梦想一样，充满了虚幻与无奈。

铁皮房虽然没有给我家的感觉，但并不影响我的生活与我的情感。我住在铁皮房那些年，生活还是很有规律的，与海青的感情也很要好。每天早上，闹钟准时唤醒我，我起床洗漱，换上干净的西裤和衬衫，穿上皮鞋，对着镜子梳理头发。我将自己打扮得整整齐齐。我看到镜子中的我，脸色有些苍白，大概是旧村的空气质量不太好，呼吸了一夜的灰尘。

梳理完毕，我从镜台上拿起厂牌，认认真真地戴到脖子上，厂牌上面贴着一张我多年前的照片，看起来已经不像我；照片下面印有"业务代表"的头衔，像一个产品售价的标签。这是我打工多年来，用青春换来的筹码，我依旧把它押在了下落不明的生活中。

收拾好一切，我出门上班。海青当时已经从原来的工厂辞职（因为离我们住的地方太远，每天来回不方便），在附近一家化工颜料厂的办事处上班，上班时间比我晚半个多小时，可以睡一会懒觉。出门前，我会亲吻海青的额头，这个与我同甘共苦的女人，让我感到温暖。

下了楼，放眼望去，巷子里面人潮涌动。巷子两边的房子在人潮的拥挤下，仿佛也在缓缓移动。只有在逼仄的空间里，有大量的人员流动，你才会感觉到地球是转动的，时间是流动的，这个世界是真实的。旧村最热闹的时间段是早上，工厂上班的时间大多是八点钟，七点半是上班的高峰期，各条小巷的人流像潮水一样涌出来，汇集到主巷里，再由主巷流向大街，分散到工业区的各工厂。

我不知道这个旧村到底住了多少人，每天早晨，看到人潮汹涌，心中就莫名地伤感起来。这股人潮什么样的面孔都有，男女老少，高矮美丑，但你很难看出他们的真实年龄，只能看到他们的脸上挂着一丝疲倦。不管是什么样的人，他们的衣服打扮都是差不多的，都是穿着蓝色或灰色的工装，胸前佩戴着厂牌。每次看到这些厂牌，我就觉得有一种恐慌感。一张名片大小的厂牌，浓缩了我们的命运，它就像我们的心脏，每当我们将厂牌按在公司的打卡机上面，发出"嘀"的一声，打卡机显示出名字和时间点，就像输入一次活着的证据，傲慢的青春就此烙上了死亡的记号。

除了衣着差不多，每个人脸上的表情也差不多，都是睡眼惺忪，嘴边打着哈欠，默默地行走，将自己的身影掩藏在嘈杂的脚步声中。很少看到有人带着笑脸上班，真的，甚至连说话的人都很少，大家都只是麻木地走着，或者在巷子的早餐摊旁，沉默地吃着廉价的早餐。成千上万的人潮中，竟然看不到几张笑脸，再明媚的早晨，也因此蒙上一层灰暗之色。

我随着人潮走出旧村，往自己的工厂走去。

有一次，刚走出旧村，我莫名地觉得身后好像落下了什么，于是猛然回头张望，想看一眼我居住的铁皮房，它离我到底有多远，我离开它需要多长的时间。但铁皮房淹没在挨挨挤挤的楼房中，我看不到它的真实面目。我看到清晨的阳光透过云层，落在旧村上面，仿佛一瞬间，记忆与时光一同埋进了那些深邃的巷子里面。

五

二〇一四年夏天，我终于离开了铁皮房。

那时意华厂正申报上市，在虎门镇的树田村买了一个巨大的工业园，占地有一百五十多亩，将东莞几家分公司整合在一起。我跟着工厂一起搬迁，带着妻儿住进工厂的宿舍。

宿舍在一楼，两房一厅，空间足够大。当时我还想着住一楼挺好，接地气，出门几步就是足球场，带小孩子玩也方便。但没想到老鼠蚊虫特别多，老鼠每天晚上都光顾房间，咬坏了许多东西，连洗衣机的排水管都咬坏了。竟然还有红蚂蚁，我不幸被咬过一次，起了很多疙瘩，眼睁睁地看着那些疙瘩像变魔术一样从皮肤里冒出来，痒得浑身难受，整个人精神都恍惚。我赶紧去医院打针，过了半天时间才止痒。我最担心的是儿子也会被红蚂蚁咬，那时他还不到两岁，儿童的抵抗力差，要是被咬了可就麻烦了。工厂里面有一个搬运工被红蚂蚁咬了一口，由于抵抗力比较差，全身浮肿，差点没命了。

除了老鼠和红蚂蚁，令人烦恼的还有雨水的侵犯。工业园地势低，排水困难，每次下暴雨，一楼房间就会被水淹，积水足有一尺深，泥沙倒灌，甚至化粪池的水也跟着涌进来，惨不忍睹。暴雨过后，要收拾好几天才干净，但房间里总是弥漫着一股腥臭味。

停在宿舍边上的车子也跟着遭殃。我那时跑业务还可以，手上有几个比较大的客户，赚了些钱，买了一台小轿车。车子停在宿舍边上，曾被大雨淹过两次，幸好没有淹入发动机，但车身不知道哪里灌进了水，开起来总是咕噜作响，地毯也湿漉漉的，一股潮霉味。后来开到4S店拆开底盘放水，还将全车的地毯也拆下来烘洗，一个多星期才搞好，十分麻烦。岭南的雨水和阳光一样充沛，每一次雷

第九章

219

声响起，就是抗洪警告，总让人睡得不安宁。

居住环境差，当时心中产生了一个强烈愿望，要想尽办法去买一套房子居住，安顿妻子孩子。我实在担心儿子不小心会被红蚂蚁咬，我知道那个痛苦的滋味，对于一个儿童而言，是否能承受还是个问题。我也不想见到暴雨过后房间里面四处漫水，把人搅得鸡飞狗跳，影响生活质量。还有夜里老鼠吱吱地叫，能把面条咬得到处都是，也实在揪心。

一个契机来了，让买房子的事情变得更加紧迫与顺理成章。

二〇一五年四月，我萌生了从工厂离职的念头。当作家是我人生的终极梦想，历经岁月磨难，矢志不移，我想趁着自己年轻，还有点激情，结束打工生涯，转行写作。离职之前，我必须要把妻儿安顿好。于是这年的五一劳动节，趁着海青带儿子回娘家度假，我偷偷跑到莞城订了一套二手房。

莞城是老城区，有一些便宜的二手房卖，压力不会太大。海青不喜欢二手房，她希望买一手房，她是有"宁缺毋滥"情结的。另外她一直反对我从工厂离职，去当所谓的自由作家，她觉得我不是吃这碗饭的人。那时我根本没有展现出写作的才华，不过是寂寂无闻的文学爱好者而已，全国像我这样的爱好者不计其数，怎么可能靠写作养活一家老小呢！何况当时我在工厂业务跑得好，收入高，副总很关照我，为我争取到了公司的原始股，公司上市能值一些钱。离开工厂搞写作，拿什么养家糊口？在她看来我不是去追求梦想，而是疯了。

可我心意已决，确实像疯了一样，索性先斩后奏，没有经过她的同意，就把一套二手房子给订下来了。海青果然十分生气，回来之后跟我大吵一架。那是结婚以来吵得最厉害的一次，可是房子已经交了定金，无法退掉，她只能默然接受。

我们终于结束了居无定所的生活，拥有属于自己的家。房子虽然旧了一些，但是格局好，经过装修布置，住进去十分舒服。海青也不再找我的麻烦，从此相夫教子，安静地扮演着贤妻良母的角色。尽管我在写作道路上一直坎坷，但她也还是默默地支持着我，在生活陷入困顿的时候，她也去找娘家求助，希望能让我完成梦想。

娶一个同甘共苦的妻子还是很重要的，如果不是这样，或许我的文学之路将无法继续下去。这是我的幸运。

六

谈到文学，我是诚惶诚恐的。这么多年来，因为自身文学修养与见识的缺乏，我一直觉得自己是个门外汉。幸而胸中藏着一腔热血与热爱，抱着"精诚所至，金石为开"的毅力，并且死死认定，不管命运如何坎坷与艰辛，都不能放弃这个梦想。——大约是这股精神感动了上天，得到眷恋，于是我有机缘拜陈启文老师为师，在他的指导下，慢慢地成长。

从事文学创作这些年，我也得到了许多文坛前辈的提携与鼓励，还有杂志社编辑们的关爱与关照，指出我的不足之处，告诉我怎么修改，让我有了进步与成长的空间。尽管我悟性有限，成长总是缓慢，但缓慢也有缓慢的力量，摸爬滚打了多年后，终归还是掌握了一些写作的小窍门。

走向文学这条路，首先要感谢东莞。东莞经济快速发展，政府对文化工作的扶持力度也很大，让许多文学爱好者都受了益，我是其中之一。因为命运坎坷，回首往事的时候，我偶有提到东莞曾经的一些灰云黯淡，但并不是要抹黑东莞，恰恰相反，我要记录东莞真实的变化，那是时代留下来的烙印，也是东莞转型成长的有力证明。曾经的灰暗早就被新时代的明媚阳光给清除了，现在的东莞是全国文明城市，也是我的第二故乡，我在这里奋斗，在这里成长，组建幸福的家庭，我发自内心地喜欢与爱护它。

长安镇是东莞文学的重镇，我在长安镇居住了十几年，虽然现在搬到莞城定居了，但仍有着难以割舍的情感。

我是二〇〇六年加入长安文学会的，那时我在意华厂上班，工作稳定，生活平静，虽然上班时间长，但还是能抽出时间创作，偶有作品在报刊上发表。加入文学会，我认识了邹萍会长，以及陶青林、洪湖浪、马云洪等老师，还有后来到长安定居的著名散文家塞壬。因为我挚爱文学，满腔热情，文学会一有活动我就来参加，很快我成了文学会的骨干会员。

东莞文学活动特别多，长安镇是东莞文学的领头羊，更是闹出了不少动静。二〇〇七年，《十月》杂志文学奖就在长安镇举行；二〇〇八年，《长安文学》举行了首届"最受读者喜爱的十篇佳作"的文学颁奖，陈启文老师获奖，他大老远从湖南赶过来领奖。当时我是工作人员，负责嘉宾的接送与住宿安排，由此认识了陈启文老师。

不久后，我在某中篇小说的年度选本上，读到了陈老师的《河床》，一瞬间，我被他的文字魅力给征服了，感受到来自文字的一股神秘力量，竟能激荡起一个人的灵魂。这是我第一次对文字美学的觉醒，意识到文字的重要性，也领略到文字原来是有生命气息的。在此之前，我一直以为故事是文学作品的核心，所以一门心思地讲故事，从来没有想过去提炼文字。读了《河床》之后，我才知道文字是文学艺术的根本，文字不好，故事讲得再好也只是三流作品。我于是找出陈老师的名片，激动地打电话给他，也不管他是否喜欢听，语无伦次地说着自己如何喜欢《河床》。

大约是前世的缘分，注定了今生的相遇。二〇〇九年，已过不惑之年的陈老师做出人生一次重要的决定，从湖南迁徙到东莞定居。起初，他居住在莞城，后来在当时的《花城》主编田瑛老师的引荐下，陈老师搬到长安居住，成为长安文学会的特邀顾问和文学导师。经陈老师提议，加上邹萍会长及陶青林老师等人的策划，有了"长安文学四季论坛"的方案。该论坛由陈老师亲自主持，每个季度举行一次改稿会，会员们将作品发给陈老师指点，并请来名刊名编，进行改稿与选稿。

二〇一一年的三月中旬，"长安文学四季论坛"之"首届春季论坛"正式开坛了。我那时候还没有讲故事的能力，文字功底也差，提交了一篇很不成熟的中篇小说。小说写了一个男人到江里游泳，摸到了一只水鳖，他担心水鳖逃走，于是将水鳖紧紧地抱在怀中，向岸边游去，结果水鳖一口就咬住了男人的乳头。水鳖咬人是要到打雷时才肯松口的，男人为了让水鳖松口，把铁锅罩在胸口，用木棍敲打，让水鳖以为是打雷而松口，结果把锅敲坏。那水鳖受到惊吓，反倒将男人的乳头给咬断吃掉了。最后，男人成了寨里人的笑话，命运不幸被改写。

这个故事并不成熟，也没有讲好，但是陈老师却高度认可，写下这样的评语：

莫华杰的中篇是让我看了眼前一亮的作品。我吃惊于他对细节的捕捉能力，他的文字一下就能把人抓住，原生，独特，又仿佛有一种与生俱来的现代主义的荒谬感。他对文字的驾驭能力，比许多写了多年的作者都要干练、圆熟。什么叫潜质？这就是我最看重的文学潜质。莫华杰是一个有天赋的作家，我十分有把握地说，在三五年内他就会超过很多写了多年的作家，我对他充满了期望。我喜欢做出这样的预言。几年前，当我第一次读到沈念、郑小驴的作品时，也曾有这种眼前忽然一亮的感觉，也曾做过类似的预言，而现在我的预言已经得到了验证。莫华杰的这部中篇，有毛病，有硬伤，有结构上的问题，但也特别有修改的基础。怎么修改，我给他出了不少主意。但愿他能在不慌不忙的修改中把自己的天赋调动起来。对于一个写作者，最重要的不是技术，而是天赋，而最高的境界是人格。

我当时都不敢想象，这样一篇不成熟的作品，会得到这么高的评价。一瞬间，我激动得小宇宙都要爆发了。写作，最重要的不是发表，而是被人认可，对于一个初学者而言，能得到文坛前辈的认可与鼓励，比发表还要高兴。

接下来"夏季论坛"开坛，我提交了一篇《仿佛有鬼》的中篇小说，经过《红豆》主编韦毓泉老师的指点，修改成短篇小说，标题改名为《兔子吃萝卜》，发表在《红豆》2011年12期。这是我的纯文学小说处女作，也是走向纯文学的第一步，给了我很大的鼓励，我从此摸到了一些写作的门道，开始变得自信起来。

"秋冬论坛"（因为秋季论坛稿件少，达不到开坛要求，就和冬季合并举办），我汲取前两届论坛上学到的写作知识，提交了一篇精心创作的短篇小说《南瓜》。陈老师看完后，很是满意，把稿子推荐到了《山花》杂志，当时的副主编冉正万老师很快就将其发表在2012年的《山花》杂志1期。《山花》是大型文学刊物，能在上面发表作品，是我写作生涯的一次突破与跃进，给了我很大的鼓励。

二〇一三年初夏，第四届东莞荷花文学奖启动，陈老师让我将《南瓜》申报荷花文学奖。但我并不想申报，这是东莞市最高级别的文学奖，终审请来的都是鲁奖和茅奖的评委，并以公平公正公开的方式投票，全凭实力，没有任何偏门可走。东莞写作的人很多，每个门类只设一篇作品获奖，尤其是中短篇小说，历来是兵家必争之地，竞争激烈。我当时还是个菜鸟，没有完全上道，想加入这种诸神之战，只怕初评就被刷下去了。

陈老师对我说，评委都是国内顶尖的专家，你申报上去，就算不获奖，能让评委们看到你的作品，知道东莞有个叫莫华杰的青年作家，也是件好事。这叫先混个脸熟，打打酱油有什么要紧，又不丢脸。我觉得有道理，于是提交了申报表。经过初评、复评、终评，《南瓜》竟然获得短篇小说奖，我一下子成了东莞的文学新秀。后来，东莞首届文学艺术奖开评，《南瓜》又一次出乎意料地获奖。我本来就坚守文学梦想，在这种鼓励之下，我的精神愈发振奋，更加认定文学必将是我这辈子一直要走下去的路。

岁月更迭，时代在变，但不变的是信仰与情怀。如今，"长安文学论坛"仍在坚持举办，每年都有改稿会，从不间断。陈老师一直是论坛的主持人，不遗余力地指导文学爱好者写作，并将稿件推荐给刊物，长安的作者们在陈老师的指导下，一批批地成长起来，走向全国，长安镇由此成了东莞文学的重镇。

通过论坛的挖掘与磨练，陈老师看到了我对文学的虔诚与热爱，认为我人品还算不错，虽然学历低了一些，书也读得少了一些，但颇有天赋，于是破格收我为入室弟子，不遗余力地指导我的文学创作。还帮我接了一些写作项目，使我得以维持不错的收入，不至于让老婆孩子受苦。我当初之所以有勇气从工厂跑出来，走向文学这条路，也是因为傍了个大靠山，如果没有师父的关照，我无论如何都没有勇气和胆量跑出来的。

老话说"拜师如投胎"，诚然！老天给了我诸多的磨难，最终还是让我投了个好胎，获得了重生的机会。

后记

　　从工厂离职，师父给我布置任务，让我写一部自传体非虚构作品，名为《我的打工生涯》。说实话，当时我并没有兴趣去写，因为写自身经历，要遵从情感与故事的真实，必然会暴露出许多个人隐私，说不定还牵扯到他人。何况，当时我的心思一直放在写长篇小说和剧本上，觉得这两个文体比写散文或非虚构要有出息，来钱也会快一些。

　　因为写剧本，我一头陷进去，与朋友合伙开了一家影视公司，耗费了大量的心血与精力，一天到晚只想着拍电影赚钱，整个人变得俗气与浮躁起来。用师父的话来说，我是被恶魔控制了（我拍过一部叫《恶魔传说》的网络电影），这样下去，只怕以后会迷失人生方向。

　　两年时间一晃而过，写作荒废，钱也没赚到，人生果然陷入迷茫与彷徨。师父恨铁不成钢，再次催我，必须把《我的打工生涯》写出来，希望我能通过写自传，回归正统的写作。

　　师命难违，我于是在二〇一七年下半年开始动笔。

动笔之后才发现，如此熟悉的人生经历，写起来却是那么困难，从动笔到完成初稿，竟然花了两年多的时间。为了赚稿费，我将这本书稿的各个章节全部提取出来，改成一篇篇独立散文，投到刊物上。刊物留用之后也要等一两年才发表，就这样折腾了好些年，才终于形成如今的文本。

既然是自己的人生经验，我希望文中的每一个字，都能贴近内心与灵魂，流淌着属于我的血液基因。然而写到后面时，却渐渐地发现有些力不从心了，文字的张力不如前面几个章节，感情的厚度也没有前面几个章节饱满。或许是因为生活一直在改变，后面的经历没有前面的曲折；又或许是因为写这种真实经历的作品，需要一直释放积压的感情，到了最后便有些形散神也散了。好在这是一部非虚构作品，如实写出自己的人生经历，比酝酿虚无的感情更加重要，只有遵从故事的真实，才能更加接近生命的本质。

感谢深圳出版社愿意出这样一部书。韩海彬和徐娅敏两位老师非常敬业，对文学也很有情怀，并不只是为了出一本书那么简单，而是希望出的每一本书都能找到作品自身的定位。海彬老师有一个令人肃然起敬的习惯，他拿到文稿时，并不急着去看，而是会做足功课，先到网上购买该作者此前出版过的代表作，细细研读。他信奉孟子的箴言："颂其诗，读其书，不知其人，可乎？"——这是海彬老师的编书理念，也是他的生活哲学。

海彬老师购买了一本《春潮》，认真地读了一遍，才开始看《我的打工生涯》。他或许是想通过我以前的作品来判断是否还有成长的空间，与之前的作品相比，新书稿质量是下降了还是有所提升。这一切我都毫不知情，当我接到聂社长发来的消息，确认《我的打工生涯》可以出版，当时内心除了激动与感恩，更多的是忐忑不安，担心这本书出版之后不能给出版社带来利润，辜负了出版社的一番心血。

诚然，这是杞人忧天。书与人是一样的，都有自身的命运，有出版社愿意付梓发行，如同女儿找到婆家，便是最好的归宿，至于这本书能否产生影响力，能否长销下去，就看书本身的能量，这是谁也无法左右的。

《我的打工生涯》这个没有诗意的书名，直白得就像一块石头，出版社觉得不够好。书中各章节在刊物发表时，我曾注明是长篇散文《重生》的节选，后来就想用《重生》来命名。有文坛前辈和我说，这是一部生命之书，不能用散文来定义，应该是长篇非虚构作品，《重生》这个名字不适合用来当书名。

取书名的事情就这么困扰着我，无论是头脑风暴还是文友商讨，都难以找到熨帖的名字。这或许也是令很多作家头痛的事情。那些天，我一直徜徉在唐诗宋词里，希望从中找到灵感将我解救出来。任何一次解救都是需要悟性的，后来我读到李商隐的《北青萝》，最后两句"世界微尘里，吾宁爱与憎"，一下子触动了我。

李商隐一生命运坎坷，曾想出家为僧。有一天他到山中拜访高僧，高僧引用《楞严经》上的话点拨他："人在世间，直微尘耳，何必拘于憎爱而苦此心也。"李商隐顿悟，认清了人生与世界的本质，大千世界全在微尘之中，人也不过就是微尘而已，爱恨只在一念之间，对于这纷扰的尘世，没有比守住内心的清静更重要的了。于是他写下了这首诗，以此训诫自己。

诚然，李商隐诗中的爱，爱相会也；憎，憎别离也，是充满佛理的，并非世间的情爱与恨憎，其境界已是离苦得乐。我当然不可能达到这种佛学境界，只是由此诗联想到了自己的人生，借以表达自己的人生情感。

这些年来，我一路披荆斩棘，在命运的颠沛流离中寻找生活的真相，寻找命运的归宿，几乎快要迷失自我了。如果没有文学的力量陪伴，如果没有对梦想的坚持，我这样一粒微尘，不可能抵住病痛和药物的侵蚀，对抗命运的洪流，成为现在的我。

我只是万千平凡打工人中的一个，我们这一粒粒微尘飞舞漂泊，即使命途坎坷，仍然努力向前，汇成繁华世界。我渐渐明白：即使看清了生活的全部真相，即使一路都是荆棘与荒芜，人生依然值得付出所有的热情与爱。

正是因为爱，我学会了坚强，即使孤身一人陷入迷茫时，我也不曾忘记梦想；因为恨，我懂得了珍惜，即使在惶惑不安的夜晚，也要珍惜那些使我备受磨难的岁月。毕竟，并不是谁都有机会承受那样的苦难。人生的荒凉就在这种爱恨交织中变得生机益然，也在这种虚实之间变得平静自如，我因此获得了自我救赎的力量，庆幸自己经历那么多挫折，并没有练出一副铁石心肠，而是保持了对生命的真诚与热情。

这本书算是尘埃落定了。然而每一次创作都是遗憾的艺术，《世界微尘里》并未达到我期待的文学水准，哪怕是亲身经历的事情，即使拼尽全力想把它写得更好，但有些东西是永远写不出来的，也永远写不好，只能让它留下遗憾。就像人生一样，守住不完美的自己，其实就是为了遇见更好的自己。

回顾这二十年来的岁月，我愈发觉得，命运虽然神秘莫测，却自有安排。有时候，一些挫折、磨难会降临在我们身边，然而经过时间的沉淀，它们似乎也带给我们生命的赠礼。

正如田瑛老师反复告诫我的那句箴言：华杰，你要相信宿命。如果事与愿违，上天一定另有安排。

师父也曾经写过这样一段饱含哲理的话："我们曾经对宿命感怀抱很深的误解，以为那是一种悲观厌世的东西。但其实宿命不是悲观，而是对自我生命的一次重新确认。"是的，当我写下二十多年的人生经历，突然有了一种对生命重新确认的豁达感。以前，我总觉得命运待我不公，现在才知道，这种不公的待遇饱含了上天的馈赠。

回忆少年时光，一切恍然如梦。假如不是身患怪病，我可能不会立志当作家，即使有这样的想法，也可能不会把它当作坚定的人生信念；如果年少无病，我也许会像寨里那些年轻人一样，读完初中，早早出去打工，只想着赚钱盖房子娶老婆，不会把写作当成一生的追求。

当然，我也极其痛恨这场怪病，害我吃了这么多年的药，把体质都破坏了。现在才三十来岁，总觉得身体虚弱，不如别人强壮。最痛苦的是强直性脊柱炎不能根治，加之有风湿病，不能洗冷水澡，有许多食物要忌口，每当气温骤变，天寒地冻，炎症就会被激活，腰腿仍会疼痛，不及时治疗还会瘸腿。

那场长达数年的病痛，许多无法承受的细节早已化成阴影，经过漫长的时间压缩，成为身体的一部分。每次吃药，我总会情不自禁地想起旧年情景，药片就像偷袭者的刺刀，暗藏了时间的杀机与命运的悬念，不断地逼迫我咽下少年时的沉默与不甘。

记忆就藏在药片中，一瞬间的重叠，会使我突然停顿，突然颤抖，甚至会流泪。时间的凝固有时会让人感到沮丧。然而，面对那个曾经的自己，面对那些无法穿越的内容，我不想做任何挣扎。我知道，这是我的宿命，我也坦然于这样的宿命。陀思妥耶夫斯基曾经说过："我只担心一件事，我怕我配不上自己所受的苦难。"病痛也许是额外的生命修行，对于上天赐予的犒赏，我从文字上已经得到太多了。

2019 年 10 月 3 日完成初稿

2020 年 4 月 25 日第一次修改

2021 年 7 月 4 日第二次修改

2022 年 2 月 16 日第三次修改

2022 年 7 月 27 日定稿